As cartas QUE NÃO CHEGARAM

MAURICIO ROSENCOF

As cartas QUE NÃO CHEGARAM

Tradução de
Leticia Wierzchowski

EDITORA RECORD
RIO DE JANEIRO • SÃO PAULO
2013

CIP-Brasil. Catalogação na Fonte
Sindicato Nacional dos Editores de Livros, RJ

R724c
Rosencof, Mauricio, 1933-
As cartas que não chegaram / Mauricio Rosencof; tradução de Leticia Wierzchowski.
- Rio de Janeiro: Record, 2013

Tradução de: Las cartas que no llegaron
ISBN 978-85-01-09994-5

1. Ficção uruguaia. I. Wierzchowski, Leticia, 1972-. II. Título.

13-0525 CDD: 868.993953
CDU: 821.134.2(899)-3

TÍTULO ORIGINAL EM ESPANHOL:
Las cartas que no llegaron

Texto revisado segundo o novo Acordo Ortográfico da Língua Portuguesa.

Editoração eletrônica: Livros & Livros | Susan Johnson

Direitos exclusivos de publicação em língua portuguesa somente para o Brasil adquiridos pela
EDITORA RECORD LTDA.
Rua Argentina, 171 — Rio de Janeiro, RJ — 20921-380 — Tel.: 2585-2000, que se reserva a propriedade literária desta tradução.

Impresso no Brasil

ISBN 978-85-01-09994-5

Estas palavras são para a tua nascente memória, Inés,
último elozinho tramado de sorrisos,
filhinha da filha e de todos esses sangues.

O AVÔ

I.
Dias de bairro e de guerra

Não posso precisar com exatidão em que dia conheci meus pais e se pude — ao menos — dar-me conta, naquele momento, do significado que tal acontecimento haveria de ter na minha vida.

Mas recordo — isso sim — que, quando vi minha mãe pela primeira vez, ela estava no pátio interno de nossa casa. O pátio era um espaço enorme que com os anos foi se encolhendo. Naquele tempo, porém, era igualzinho à selva do Tarzan, porque minha mãe tinha muitas plantas por lá. Era aberto, sem claraboia, e estava atravessado, de ponta a ponta, por uma corda onde todo mundo que quisesse podia pendurar sua roupa molhada. A roupa molhada, todos nós sabemos, é o que faz chover.

Nesse pátio, um dia, minha mãe acendeu um braseiro a carvão, onde ia cozinhar um pedaço de fígado que os açougueiros davam para todos aqueles que possuíam gato. Nós tínhamos um. Chamava-se Miska, e era igualzinho a um tigre. Mamãe cozinhava para Miska, mas todos nós comíamos o fígado.

Do meu pai, a primeira coisa que eu conheci foram os olhos. Uns olhos claros, transparentes, astutos, bons e travessos, que sempre estavam sorrindo. Meu pai tinha os melhores olhos do mundo.

Além dos meus pais, eu também tinha um irmão maior, que era quem me defendia quando um inimigo me atacava. Meu irmão me defendeu a vida inteira, até morrer. Tinham trazido meu irmão da Polônia havia muito, e naquele tempo ele tinha dez anos. Morreu quando tinha dezesseis, e a minha mãe batia na própria cabeça por causa disso.

Depois, havia o carteiro, mas dele eu não me lembro.

Um dia, meu pai chegou muito contente, com terno e tudo (era um terno azul, me parece), e trazia consigo uma coisa grande, como uma caixa envolvida em jornais, e que tinha botões. Colocou-a sobre a mesa de costura e me olhou, e a primeira frase que me disse foi: "Nisto não se toca." Então ele ligou a caixa, e aquilo era um rádio.

Antes desse dia, minha mãe escutava rádio na casa de dona Catalina, que já tinha um. Nosso rádio era para ouvir as comédias. Mas depois serviu também para escutar a guerra.

Era uma guerra que acontecia na Espanha, e nós íamos a um Comitê onde a mamãe tricotava meias de lã e o papai falava. Todos falavam e falavam em iídiche, e eu não entendia nada do que eles diziam. Então, nós íamos para a calçada juntar caixas de cigarro vazias para tirar delas o papel prateado. Fazíamos uma grande bola com aquele papel e, na Espanha, eles fabricavam balas com isso. Para a guerra.

Mas não era para a guerra. Era para a Brigada, que estava lutando na guerra. Aqui nós também temos Brigada. Mas eles não precisam de papel prateado. Eu sei porque, aos domingos, eles vendem jornais. Também vendem uns cartões que têm um desenho com um senhor que aponta um dedo e pergunta: "O que você faz pela Espanha?" Os cartões que dizem isso se chamam "bônus".

Depois da guerra com a Espanha, veio outra guerra. Quem não veio mais foi o carteiro. Bem, vir, ele vinha... Mas o que eu quero dizer é que à nossa casa ele não vinha mais. Papai ficava esperando por ele no balcão. Meu pai costurava num cômodo e, de tanto em tanto, ia à varanda e se punha a olhar a rua. Quando o carteiro passava — o carteiro passava, mas não vinha — meu pai lhe perguntava: "E?" E o carteiro, que já sabia que ele perguntaria aquilo, respondia: "Nada, dom Isaac." E não lhe dava nada.

Então, aos domingos, que é o dia em que se leem as cartas, o papai nos lia as cartas de antes, mas tinha então uns olhos estranhos, uns olhos que não sorriam.

As cartas que meu pai esperava não chegaram nunca.

Querido Isaac:

Na segunda semana de julho, instalou-se aqui o Comando da Gestapo. No terceiro dia, eles colocaram grandes cartazes que diziam que todos os judeus e descendentes de judeus até a quinta geração, crianças, jovens, adultos e velhos, deviam usar uma braçadeira branca com uma estrela azul no braço esquerdo, e deviam caminhar fora da calçada, pela rua. Irene não fez isso e bateram nela. Depois entregaram-lhe uma escova de dentes e um balde com água e sabão, e obrigaram-na a lavar a calçada com a escova de dentes, e as pessoas paravam e diziam coisas, e riam.

Agora, todos nós estamos nos preparando para entrar no gueto. Alguns vizinhos, sabe?, vêm e nos perguntam quando partiremos, para poderem ocupar o quanto antes a nossa casa. Samuel disse que viu, num cinema de Varsóvia, um filme que se chama *O Führer constrói uma cidade para os judeus.* Disse que a cidade fica em Teresienstadt e que, no filme, podem-se ver os nossos velhos tomando chá e jogando dominó: lá tem fábricas e ruas, até bondes. É uma cidade mesmo. Samuel disse que lá ninguém usa a estrela de davi, e que caminham pelas calçadas como todo mundo. Tu sabes onde fica Teresienstadt?

A cozinha era um pouco apertada para nós. León e eu nos sentávamos num banco de madeira comprido, que traziam do pátio para isso, para que sentássemos nele. Quando o banco estava lá no pátio, mamãe colocava sobre ele uma enorme bacia de lata — assim a bacia se chamava, "a lata" — e aí mamãe lavava a roupa.

Quando a comida estava pronta, mamãe gritava: "Itchrrook!".* Gritava isso para o papai. Se não gritassem para o papai, ele nunca saía de sua oficina. Então a mamãe tinha que gritar para que ele saísse de lá. E aí o papai trazia o seu sorriso e sentava-se à mesa conosco.

Mas o meu pai não se chamava "Itchrrook!". Chamava-se Isaac. E eu me chamava "Moishe". Assim, a mamãe dizia: "Moishe." "Moishe, que fazes aqui?" Como Miska. Miska se chamava assim: Miska. "Miska, que fazes aqui?", a mamãe perguntava para ele.

Aos domingos, sempre, toda a vida, tínhamos sopa de galinha com verduras. Havia um homem com cachos na cabeça, com um chapéu tão preto como o do Zorro, que vinha com um estojo pequenino e levava a galinha para o banheiro, e lá cortava o pescoço dela. Mamãe então esquentava a água e depenava a galinha. E o papai pagava o homem e depois dava para ele um copinho de alguma coisa. Então o homem dos cachos ia embora. Mas o chapéu ele nunca tirava. Igual ao Zorro.

A sopa dos domingos não acabava nunca, mas eu logo queria sair da mesa, porque o Fito já me esperava na calçada,

* O nome Isaac, que Rosa gritava no idioma iídiche. (*N. da T.*)

e porque eu não entendia nada quando o papai lia aquelas cartas em voz alta. Meu irmão sim, ele entendia. Ele entendia tudo. À noite, deixavam que fôssemos para a cama grande, e o papai cruzava as pernas sobre o colchão, todos nós de meias, para lermos juntos as histórias de Moisés e do mar, que eu também não entendia, mas que pelo menos tinham desenhos — Moisés usava uma barba desse tamanho! —, e León me explicava o que o papai dizia, porque o León sabia de tudo. Ele era aprendiz de alfaiate com o papai, e também fazia todas as tarefas de rua para aprender o idioma daqui. "Isso é açúcar, Russinho, e isso é sal", diziam para ele lá no armazém. E León, depois, explicava tudo isso para a mamãe. "Isso é açúcar, mamãe, e isso é sal." A mamãe do León é minha mãe também.

Meu papai dizia que a Bíblia é uma coisa séria. Que é por isso que ela não tem piadas nem histórias engraçadas, e eu ficava aborrecido. Porque o meu pai lia e lia, e eu nunca achava graça da Bíblia como achava graça do Chaplin.

Existem muitas doenças no gueto, Isaac. Também existe fome, tu sabias? E ninguém quer nos ajudar, ou nos esconder, e já começam as deportações.

Os alemães espalham por aí que estão nos levando para campos de trabalho, para fundar colônias, e que lá eles oferecem até chuveiros, vê só. Mas que os chuveiros, por enquanto, são coletivos. Mas eles têm chuveiros e creches para as crianças pequenas, iguais àquelas que o Samuel viu no filme.

Aqui no gueto, quase nunca conseguimos tomar um banho, e temos muito medo das epidemias. Mas já anunciaram a reserva e a venda de passagens, isso diz o comunicado.

"Para o transporte que sairá na próxima terça-feira, cada viajante poderá obter, no devido tempo, antes da saída do trem, uma passagem com assento reservado.

Teremos o cuidado de que os casais com ou sem filhos possam viajar em família. Para todas as pessoas que queiram formar grupos de viagem, existe a possibilidade de fazê-lo através da reserva de assentos.

As passagens com assento reservado são pessoais e intransferíveis."

Já temos os nossos assentos, Isaac, graças a Deus. Vamos embora. Melhor do que aqui estaremos em qualquer outro lugar. Talvez, quem sabe, nos levem para Teresienstadt. O barquinho que Leibu desenhou é muito bonitinho. E Moishe, não desenha?

Morava muita gente na minha casa, porém nós tínhamos mais espaço do que os outros, porque possuíamos dois quartos. Um para dormir e o outro com varanda para ver passarem os bondes sem que eles nos vissem, e isso era bom porque eu e o Fito jogávamos pedras nos bondes que passavam. Nesse quarto, havia uma máquina enorme que se chamava Singer, e o papai a pedalava e ela andava rapidíssimo. Os bondes são uma coisa espantosa porque levam as pessoas não se sabe para onde; as pessoas somem, mas o condutor, esse nós víamos sempre, ele não desaparecia nunca. E, por causa disso, eu e o Fito jogávamos pedras nele.

No quarto onde a gente dormia também se tomava banho. A mamãe espalhava jornais pelo chão e trazia a bacia de lata. Mas não a colocava sobre o banco da cozinha, como quando lavava a roupa. Não. Colocava a lata no chão, sobre os jornais. Então, trazia a panela grande, aquela da sopa de galinha, mas com água quente, que era para nós dois, para o León e para mim. Eu tomava banho primeiro. Depois, o meu irmão. Eu fazia xixi dentro da bacia de lata e o León ficava bravo. "Eu não tomo banho nisso!", ele gritava. E a mamãe dizia: "Não vês que ele ainda é pequenininho?" E, se León ficasse bravo de novo, ela falava: "Não vês que é sangue do teu sangue?" "Mas o xixi não é meu", respondia León. "Por que não ficas calado?", perguntava a mamãe.

Minha mãe, quando fala, sempre pergunta: "Por que não comes?", "Isso se faz?", "Por que não vens?". Minha mãe diz que pergunta porque quer saber as coisas. "E por que eu não perguntaria?", fala ela.

O carteiro tinha uma roupa igual à do condutor do bonde, mas eu e o Fito nunca jogávamos pedras no carteiro. Ele ia e vinha. Nunca ficava. E o meu pai dizia para ele: "Não quer um copinho?" "Hoje não, dom Isaac, estou um pouco atrasado." Quando tomava um copinho, o carteiro entrava no nosso pátio, tirava o chapéu, mas não se sentava. Meu pai tinha muitos copinhos, porque colocou cerejas num grande garrafão, e de dentro dele saíam infinitas quantidades desses copinhos. Meu pai dava os copinhos para o carteiro para que ele lhe trouxesse muitas cartas. Eu sei.

Um dia, o garrafão do meu pai ficou sem copinhos, e dentro dele sobrou um monte de cerejas. Fito e eu espetamos as cerejas com uma agulha de tricô da mamãe, e fomos tirando lá de dentro uma por uma, e às vezes de duas em duas, e uma vez tiramos até três cerejas juntas! Comemos as cerejas e rimos e rimos, e meu irmão gritava e gritava: "Mãe, eles estão bêbados, eles estão bêbados!"

A mamãe do meu irmão é a minha mãe, mas não é a mãe do Fito. Fito tem outra.

Na cozinha, quem lê as cartas é o papai. As cartas devem ser lidas na cozinha. E quem sempre lê é o papai, porque a mamãe não sabe ler. Mas ela escuta tudo. Mamãe escuta as cartas que meu pai lê, e às vezes faz assim com a cabeça. "E da mamãe, não diz nada?" A mamãe diz que ela também tem uma mãe. León garante que sim, que ele já a viu uma vez, e por isso a mamãe pergunta: "E da mamãe, não diz nada?"

Estamos chegando, Isaac. Graças a Deus. Tu vais achar graça, mas eu penso no filme que vi em Varsóvia e me pergunto se para nós haverá também um copo de chá quente.

Pelas frestas do vagão, vimos um nome: Treblinka. O trem diminui a marcha. É um alívio saber que estamos chegando, que em alguns instantes as portas serão abertas e entrará uma golfada de ar puro. Aqui se respira um caldo espesso, amargo, amargo de excrementos e de corpos sujos. Faz dias — quantos? — que vivemos na penumbra. Irene me diz que tem fome. E quem não tem? Sara não veio conosco, e a mamãe tampouco. Acho que elas seguiram em outro trem. Espero que não nos separem. O trem finalmente para. Os vagões continuam fechados. Pelas frestas, vejo montículos de roupas espalhadas pelo chão. É estranho. E seria estranho se eu dissesse que o que mais desejava neste instante — e não rias, por favor! — era mijar com gosto, com os quadris para a frente e as mãos apoiadas na cintura? Tu conheces maneira melhor de mijar, Isaac?

As portas se abrem com estrépito, com gritos de "fora, fora!", e alguns homens trajando uniformes listrados e braçadeiras com a estrela de davi sobem nos vagões e nos empurram para fora, murmurando baixinho palavras incompreensíveis:

— Nenhuma mulher jovem desça com bebê nos braços.

— As grávidas tratem de se esconder.

E sem deixar de gritar:

— Fora, fora! As bagagens ficam nos vagões, ninguém desce com nada! — E empurram e empurram e murmuram:

— Que ninguém se mostre doente.

E:

— Vamos, vamos, mais depressa, mais depressa! — E ninguém entende nada, e nunca ouvi coisa igual.

De qualquer modo, pintamos os nossos nomes nas malas. Logo elas nos serão entregues.

Agora os gritos são ensurdecedores. Os homens da SS espalham-se pela plataforma, acompanhados de pastores-alemães selvagens. As famílias são separadas, os pais gritam buscando seus filhos; a luz, depois de tantos dias, nos deixa cegos, as mães reclamam suas crianças.

— Jaime, Jaime!

— Ruth! Onde está a Ruth? Aonde estão te levando, Ruth?

— Abraham, Abraham, volte aqui! Não me ouves? Estás surdo?

— Jaime, estou te chamando, Jaime!

E os guardas vociferam, e ninguém sabe onde está quando eles ordenam que tiremos a nossa roupa.

Treblinka, Isaac, é uma estação de trens. Tem várias construções de madeira, um prédio que parece uma cozinha, escritórios. Também se vê uma ampla esplanada onde se coletam roupas, sapatos, roupa íntima, roupas de cama e muitas outras coisas, como pincéis de barbear. Há centenas de homens classificando as coisas.

Em frente à plataforma ficam as barracas. E um caminho margeado de plantas e até algumas flores, como um desses caminhos de jardim, que termina no que parece ser uma fábrica.

E, enquanto isso, Isaac, eu estou sem roupas, cagado de frio, e ainda sem mijar.

O mundo é uma coisa que não entendo muito bem. Fito disse que tem um primo em Buenos Aires que se chama Pascualito, e que Buenos Aires tem uma luz vermelha. Algumas vezes, nós vemos a luz de Buenos Aires. Vemos no céu, para o lado de lá, a luz avermelhada que é Buenos Aires. Não é como uma lamparina. Não. É mais como uma nuvem. Vemos essa luz à noite. Buenos Aires é uma luz vermelha onde vive Pascualito. Meu irmão falou que isso não é verdade, que essa nuvem é um palco que fica como a três quadras para esse lado. Meu irmão diz que, numa noite dessas, vai nos levar até lá, eu e o Fito, "para que vejam".

Buenos Aires é um palco.

Minha mãe tem uma pilha de fotos grandes assim dentro de uma caixa de sapatos. As caixas servem para guardar coisas.

Nas caixas há de tudo. E minha mãe, na sua caixa de sapatos, tem as suas irmãs, a mámele, que é a mãe dela, da minha mãe; e a mamãe me chama e apontando com o dedo diz: "Esta é Irene, e esta é Anna, que tem dois filhos" — mas na foto não tem nenhum filho —, "e eles são como vocês", e eu pergunto: "por que eles não vêm?", e minha mãe: "e como viriam?" É que eles estão na Polônia, que tem uma cor que não sei qual é. E a minha mãe, com o dedo assim, pergunta: "E essa, como se chama?", e eu respondo: "Irene", e "Anna", e "Rosa", e às vezes não sei bem, porque são muitas.

Perguntei ao meu pai de que cor é a Polônia. Papai me disse que ele é da Polônia, mas de um povoado muito pequeno, e que a mamãe também é de lá. Que lá se planta, e coisas do tipo, e que fazem pepinos em conserva. Que uma vez ele foi para a guerra, uma guerra muito velha, e que um rato comeu seu pão, e ele matou o rato e recuperou o pão, porque o pão era dele, dele, do meu papai. Que todos acreditavam que ele tinha morrido, e a minha mãe também, porque, quando a guerra acabou, o papai não voltou. Mas depois ele voltou sim. Voltou e passou pelo ateliê do irmão dele, que era alfaiate, e o papai usava uma roupa como a do carteiro, mas não era de carteiro, e estava todo rasgado e sujo, e com barba, e o irmão deu uma esmola para ele porque meu pai estava morto e não podia voltar. Mas, então, meu pai disse ao irmão: "Leibu, Leibu, sou eu, o Isaac", e então o irmão abraçou meu pai, e todos choraram.

Leibu é o nome do meu irmão, que se chama León. Mas o irmão do papai tem o mesmo nome, só que em polonês.

Agora, de que cor é a Polônia, isso eu ainda não sei.

Aqui se entra por um portão de ferro forjado onde se lê, também forjado em ferro: "O trabalho liberta." Ruth — e como não seria ela? — comenta conosco: "Deus me livre do trabalho", e quase rimos, mas é proibido rir, logo apenas olhamos para ela e eu murmuro: "Não vês que estamos na fila?"

Tu não vais acreditar, Isaac, mas nos recebem com música; a orquestra está sobre um tablado, e outra vez Ruth diz, mas muito séria: "As roupas não são muito elegantes, mas a música é boa."

Onde quer que olhemos, vemos cercas de arame farpado. Levaram a mamãe para um caminhão, e ela perdeu seu chapeuzinho de pano. Coitada da mamãe. Tu sabes algo da Irene? E do Samuel? Aqui se veem moças em farrapos, sujas, com os vestidos descuidados, desfeitos, e com as cabeças raspadas. Estão como doidas, talvez loucas. Parecem brincar de alguma coisa, elas giram, e é como se brincassem de roda.

Lá longe, infinitamente longe, vemos algumas casinhas de camponeses, com encostas geometricamente semeadas em tons ocre e verde. É como contemplar um postal, ou um desenho escolar daqueles em que a fumaça escapa pela chaminé de uma casa.

Meu Deus, entre tanta gente, como vamos encontrar a mamãe?

Meu papai escreve. Quando o papai escreve é de noite, porque durante o dia ele costura e pedala, e dá-lhe que dá-lhe na máquina — tiqui-tiqui-tiqui — costurando. Papai escreve cartas à noite, mas somente às vezes. Então, ele desliga o rádio, e mamãe prepara o chá, e ele mexe seu chá com uma colherinha. Quando para de dar voltas à colherinha, o papai escreve. Tem um tinteiro muito pequeno, e umas penas que parecem de prata, que ele enfia num palito que chama de "lapiseira". Então tira a tampinha do tinteiro e molha a pena e escreve. Às vezes, ele para e fica remexendo o chá com a colherinha. Quando o meu papai escreve, meu irmão e eu não podemos brigar nem gritar nem nada. Quando o meu papai escreve, não se pode fazer barulho. Quem dá a folha para ele é o meu irmão, que arranca a folha de um caderno da escola. Meu irmão vai à escola à noite, e as folhas que ele dá ao meu papai têm linhas, e as letras a gente coloca em cima das linhas para que elas não caiam. Isso diz o León, que sabe tudo. Meu papai escreve para a mamãe dele e para os irmãos. Também escreve aos pais da minha mamãe. Minha mamãe não sabe escrever, mas ela não gosta que a gente fale sobre isso. Uma vez, meu irmão escreveu num pedacinho da folha do papai. Eu não. Eu não sei escrever. Fito também não sabe. Igual à minha mamãe. O que eu sei fazer é desenhar. Na carta do meu papai, eu desenhei um barco. Igual ao barco que o meu irmão usou para vir para cá. Agora, se meu papai não mexe sua colherinha no chá, ele agarra a cabeça com as mãos, assim. "Preciso pensar nisso", diz ele. E minha mãe responde baixinho: "Por que não tomas o chá? Não vês que está esfriando?"

Vieram contar quantos somos. Veio com eles uma loura bonita de uniforme, Grete. Chama-se Grete e tem dentes perfeitos.

Nos ajeitamos o melhor possível, bem eretas. Estamos inquietas. Grete tira algumas moças das fileiras e as coloca à parte. Foram separadas, entendes?, separadas por causa da sua magreza e do seu desânimo; eu estou muito magra, Isaac, e tenho medo.

Ordenam a todas as demais que rodeiem as outras para que não escapem. Se alguma delas conseguir escapar, todo o nosso grupo será descartado pela Grete, e tenho medo. Então organizamos uma ronda, uma segurando a mão da outra, caminhando de um lado a outro.

E estamos muito mal, loucas talvez, em farrapos, sujas, os vestidos descuidados, desfeitos, e todas nós com a cabeça raspada nesta dança da qual eu fujo, e vou até a pracinha da nossa rua, onde, de mãos dadas com a Irene e a Sara e todas as meninas, nós ríamos e ríamos sem saber nem do quê, até que, exaustas de tanto rir, parávamos de rodar, como agora, porque eles vêm levar aquelas que foram selecionadas, e eu tenho medo.

Uma vez, fui a um lugar. Fito não. Era um lugar como a rua onde ficava a minha casa; mas na esquina, e em outro lugar. Lá havia um canhão, era um canhão amarelo, que tinha uma janelinha com uma tampa. "Põe aí", disse o meu irmão. "Tens que colocar nesse buraco aí, vai", disse León. "Não tenhas medo, não morde." Então me deu a carta que o papai deu a ele, o papai tinha colado uma figurinha na parte de fora da carta, e eu a atirei lá para dentro do canhão e não tive nem um pouquinho assim de medo, nadinha, e depois dei a mão ao León, e nós voltamos para casa de mãos dadas. Gosto de andar de mãos dadas com o meu irmão. Agora ele já usa calça comprida. E então eu me pergunto, o canhão, para onde ele manda a carta? Fito disse que aquilo não é um canhão. E, se não é um canhão, então o que é? "Um submarino", diz o Fito. "É um submarino."

Uma noite, sabes?, uma moça do nosso barracão começou a dar gritos terríveis enquanto dormia; logo depois, todas estávamos gritando sem saber nem por quê. Por quê?

Penso que esse som lamurioso que em algumas ocasiões — só Deus sabe como — cruza os ares como um pássaro sem corpo é uma expressão reconcentrada do último vestígio da dignidade humana.

É a forma, talvez a única forma, que um homem tem de deixar uma marca, de dizer aos demais como viveu e morreu. Com seus gritos, faz valer o seu direito à vida, envia uma mensagem ao mundo exterior pedindo ajuda e exigindo resistência. Se já não sobra nada, então devemos gritar.

O silêncio é o verdadeiro crime de lesa-humanidade. E Ruth, "aquela que nos faz rir" (porque ela sempre diz alguma coisa que nos faz rir), disse que, quando gritamos, temos que dizer "gol". Que dá no mesmo, que não custa nada e que rir um pouquinho da dor faz com que a dor fique um pouquinho menor. "Goool!" Assim.

Quando eu era pequena, Isaac, me perguntava para onde iam os sonhos. Tu sonhas, e o teu sonho é como água. Para onde vai toda essa água? Para o mar? E depois, os sonhos viram nuvens? Os sonhos, então, voltam com as chuvas.

E os gritos? Hoje eu me pergunto, e os gritos, para onde vão? Não podem, não devem se perder. Não é possível que se percam, não podem se desfazer no nada, não podem morrer em nada, morrer para nada, foram criados para algo, foram gritados para algo, Isaac, o grito não morre, não pode morrer. O grito não morre. Nós é que morremos, a cada amanhecer, a cada seleção da Grete, a cada trem que chega. Mas os nossos gritos não, o grito não.

Queira Deus que nossos gritos se escondam debaixo dos travesseiros daqueles que não sabem, daqueles que sabem e calam, daqueles que não querem saber.

Aqui perto tem um cinema, mas não é um cinema. É um sótão cheio de sapatos. Quem conserta os sapatos é dom Evelio, e ele tem um cinema. Aos domingos, coloca os sapatos contra a parede e estende um lençol que se chama telão, e passa Chaplin para nós. Fito e eu nos sentamos bem na frente, porque somos pequenos. Dom Evelio me disse que os homens da Espanha foram para outra guerra, porque lá eles já perderam. Mas que temos que seguir juntando muitas caixas de cigarro. Por causa do papel prateado. Meu papai fala com dom Evelio no Comitê, e eles mexem muito os braços, porque dom Evelio não fala iídiche. Eu gosto dos filmes do Chaplin, o Fito também. Ontem, Chaplin pegou uma flor do chão, mas não era uma flor. Não era nada. Mas era uma flor porque ele a levou ao nariz e começou a cheirá-la, assim.

Depois comeu a flor, e todos nós achamos graça.

O cinema de dom Evelio custa um vintém. Mas, se a pessoa não tem um vintém, ele deixa entrar do mesmo jeito. Dom Evelio disse que é assim porque isso é o socialismo.

No fundo do pátio havia uma escada de ferro que ia até o sótão do Ramón. O nome do Ramón era Ramón Lezcano, e ele fazia casas. Mas aos domingos não. Aos domingos, ele fazia sopa. Ramón levava para o pátio um fogãozinho como aquele que a mamãe usava para o fígado de Miska que todos nós comíamos (mas que a mamãe não quer que espalhe por aí), e numa panelinha ele colocava carne, linguiça, batata, abóbora, que eu não gosto nem assim, e batata-doce. O Ramón colocava de tudo naquela sopa, e me convidava.

Ramón me disse uma palavra certa vez que eu lembrei a vida inteira.

Eu tinha cortado a cabeça numa coluna do bonde quando o Fito e eu fomos enxotados pelo dono da banquinha de verduras que ficava na nossa rua, mas do outro lado. Do nosso lado da calçada estava a banca da mãe do Fito, dona Catalina, que nós dois tínhamos que defender. Então nós íamos até a outra banquinha e, apontando com um dedo, assim, gritávamos para o homem: "Russo! Russo!" Então o dono da banca enxotou a gente, e eu arrebentei a cabeça numa das colunas do bonde, que são duríssimas, e a mamãe fez o homem ir à nossa casa, para que me visse deitado e todo machucado, e a mamãe perguntava para ele: "Isso se faz? A uma criança, isso se faz?"

Eu sentia medo e abria os olhos, até que o homem foi embora, e a mamãe trocou a compressa da minha cabeça, que cheirava a um vinagre horrível. Eu estava na cama grande, que era muito branca e tinha um edredom muito branco que afundava todinho; esse edredom a mamãe tinha trazido da Polônia.

Então, quando o Ramón voltou da obra, veio me visitar. Ele era muito magro, mas era forte, e quando estava quieto nada nele se mexia. Eu achava que ele estava cheio de cal por fora, como o doce de abóbora que a mamãe fazia com uma cal que meu irmão e eu íamos buscar numa mina de cal que ficava muito longe, como a três quadras lá de casa. Então o Ramón me olhou e sorriu, mas muito sério. E aí me disse:

— Estás feito um burguês!

"Burguês." Isso que ele me disse. "Burguês."

Os dias estão ficando cada vez mais gelados; caem as folhas das árvores. Meus mamilos começam a sangrar de tanto frio, e não temos roupa de baixo. Cortamos um pedaço do vestido — que já é bem curto — e fizemos uma espécie de corpete. "Christian Dior", disse a Ruth. Com o tempo, nos enchemos de piolhos, porque os canos se romperam na primeira geada e não temos mais onde nos lavar. Estamos cada dia mais sujas, mais magras e, com o cabelo raspado, sentimos muito frio na cabeça. "Imagina que enxoval para uma noite de núpcias", disse Ruth, "aquela que nos faz rir". Assim a chamamos, tu sabias?, "aquela que nos faz rir". Quando nos servem a concha de sopa diária, ela fala: "Consomê, meninas. Hoje temos consomê." Ruth é muito engraçada.

Meu pai escreve as coisas que acontecem aqui para mandar para lá, mas ninguém entende nada porque ele escreve palitos. León me disse que não são palitos, que, no final das contas, os palitos querem dizer "mámele", que é mamãe. E o meu papai tem uma mamãe que ele chama "mámele". Eu nunca a vi. Bem, eu vi. O papai fez uma foto dela. Mámele é bem séria, mas parece que está rindo. León disse que sim, que ela está rindo, que ela fazia biscoitinhos de mel para ele e outras coisas gostosas, e que uma vez levou ele para ver como nascia uma ovelha. "É a tua mámele?", eu perguntei. E ele disse que não, "a minha mámele é a mamãe, burro, e a mámele do papai é a minha búbele, entendes?, e essa búbele é também a tua búbele, assim que tu tens duas búbeles, como eu, a mámele do papai e a mámele da mamãe."

"Eu entendo tudo", respondi, porque eu entendo tudo mesmo. Não sou nenhum burro. Meu irmão riu e disse: "Vem aqui, vou te mostrar as fotos."

Agora já sei. As búbeles são as mámeles que estão numa foto.

Hoje, Grete distribuiu para nós alguns pedaços de sabão. Pode parecer uma tolice, mas isso nos encheu de fantasias. Talvez nos deem mais coisas, uma batata, não sei. Meias. Sinto o toque suave do sabão nas minhas mãos e sorrio um pouquinho. Penso num chuveiro, na água quente que corre e corre sobre os meus ombros, toalhas, roupa limpa. Grete vai embora. Grete tem um andar marcial e feminino, elegante. Nos dá um pouquinho de inveja.

Quando aproximamos o sabão dos nossos narizes para cheirá-lo, vemos a inscrição. O desconcerto é tão grande que nenhuma de nós consegue articular palavra, nem um gemido. Apenas choramos, Isaac, suavemente, em silêncio, porque a única coisa que nos resta nesse instante são as lágrimas que rolam lentas como um cortejo, incessantes, enquanto enterramos o sabão murmurando "*Kadish*".

O bairro era muito grande. Tinha uma quadra que ia de uma esquina até a outra, e que passava pela porta da minha casa, que era Gonzalo Ramirez, 1.395. Do lado de dentro dessa porta, vivíamos todos. A quadra dobrava para a esquerda, e podíamos ir até a farmácia, que já era na outra esquina: "Farmácia Panizzolo, de Anita Panizzolo." Por isso a farmácia se chamava assim, como a dona; e uma vez, quando uma das folhas da porta dupla da minha casa bateu e machucou todos os meus dedos, e eu chorava e chorava, a minha mãe me levou até a senhora da farmácia, ela cuidou de mim, e a minha mãe disse: "Por que não tens mais cuidado?"

Para ir até a farmácia, a gente passava por um monte de coisas no caminho. Havia o cinema de dom Evelio, que usava avental como o meu papai, mas o dele era de couro, e no seu sótão tinha uma cortina atrás da qual — eu vi — havia uma cama. Dom Evelio dormia ali. Eu sei. Depois havia o homem do carvão, que tinha uma montanha de carvão dentro de casa, e isso nos dava muito medo, porque o Fito dizia que o inferno era igualzinho, cheio de carvão, e te cozinham; e havia o Lalo, que era meio maluco e enxotava a gente, e a mamãe dizia: "Não vês que ele é doente?" Porque o Lalo era doente, mas nos enxotava porque era maluco. Só que eu e o Fito nem dávamos bola para ele... O nome dessa rua era Santiago do Chile, e, se a gente dobrasse ali, tinha outra esquina, e então já era outra rua, e a gente podia ir até o bar de La Cumparsita, onde sempre havia alguns bêbados.

Essa rua não tinha o mesmo nome da outra. Não: chamava-se Francisco Reduello. E o bairro todo, que tinha mar e tudo, chamava-se Palermo.

Naquele mar do nosso bairro, dizem, eu não tenho certeza, que o Tarzan às vezes aparecia.

E agora eu vou contar para vocês o que havia dentro e fora da minha casa.

Num quartinho bem pequeno, vivia Vasily Mijailchuck, que era irmão de barco do meu pai. Papai disse que os irmãos de barco são aqueles que viajam juntos no barco que vem para o Uruguai. Mas aqui todos pagam o aluguel, e ele não. Vasily Mijailchuck não pagava o aluguel porque ele tinha que fazer casas como o Ramón, mas não fazia porque tomava álcool de cozinha. Ele tinha um canivete para cortar o queijo em quadradinhos, e com a ponta Vasily fincava um quadradinho e dava para mim. Depois, tinha mais gente de quem não me lembro, mas daqui a pouco vou me lembrar.

Meu irmão e eu não somos irmãos de barco porque ele veio antes de mim.

Dentro do círculo que formamos na ronda estão outras moças, e giramos e giramos em volta delas, e eu fecho os olhos para não vê-las, para não vê-la, Isaac, pois a Ruth está ali. O que será de nós, Isaac? O que será?

Quando íamos ao Comitê, o Fito não ia. Eu e o Fito choramos muito, porque ele ia ser enviado para a Escola Italiana, e eu não podia ir para lá. Meu papai dizia que o Fito era "italiano".

O papai do Fito tinha um bar ao lado do postinho da dona Catalina, que era sua esposa. No bar de dom Tomás havia um sótão misterioso, com uma tampa secreta com um trinco redondo, que era feito de prata. Quando abriam essa tampa, dona Catalina colocava ali umas cadeiras e uma mesa para que o Fito e eu não olhássemos para dentro do "buraco"; e se queríamos olhar ela nos dizia: "Coitados de vocês!" Dentro do "buraco" havia coisas misteriosas, e dom Tomás ria lá no balcão e nos olhava e dizia: "*Amici, amici, sono amici.*"

Dona Catalina sabia fazer molho para os talharins e ensinou a mamãe, que ensinou dona Catalina a fazer torta de mel; e uma vez dona Catalina levou a mamãe à sua casa para ver uma coisa e eu fui junto, e era que no banheiro da casa deles haviam colocado um negócio no qual se punha álcool como aquele que o Vasili Mijailchuck bebia, e ali eles esquentavam a água para o banho, e não na panela da sopa de galinha.

O fogão Primus da minha mãe é que usa esse álcool, que tem uma cor azul, muito bonita.

Estas cartas nunca hão de chegar até ti, Isaac. Ou chegarão quando já não estivermos, e então será para nós uma forma de estar contigo.

Talvez outros escrevam estas cartas. Que Moishe saiba que também são nossas, para que entenda o que aconteceu com seus tios, seus primos, seus avós. Queremos formar parte da memória dele, Isaac.

Cada um de nós é cada um e todos os demais. Também Moishe. Moishe é ele e todos os demais. Moishe é o seu gato e o seu pai. É o seu irmão que vai morrer e o seu amigo Fito. Moishe é também todos nós.

Assim são as coisas.

A búbele de Fito se chama Nona. Ele também não a vê, mas tem uma foto dela. Eu perguntei ao León se dói muito quando fazem a foto de alguém. Ele disse que não e achou graça. Eu, quando crescer, vou fazer uma foto minha.

Penso num copo de chá. Sonho com um copo de chá, quente, fumegante, âmbar, que aquece tuas mãos e abriga teu ventre gole a gole; é quase uma obsessão, uma alucinação, Isaac. Existe realmente chá? Enquanto isso, eu bebo, Isaac, podes acreditar. Porque a fantasia é a única qualidade humana que não está sujeita às misérias da realidade. Como as cinzas, compreendes? Porque começaram a se acumular grandes quantidades de cinzas aqui.

Algumas vezes, o vento envolve o Campo numa nuvem cinzenta, quase negra. Respiramos cinzas, elas estão nos nossos pulmões, enchem os nossos poros.

Eles abrem fossas para centenas e centenas de corpos, regam as fossas com benzina, queimam. Queimam e queimam. Então eles têm mais cinzas. São como as montanhas de carvão que deixam o Moishe assustado.

Mas de cinzas.

José, aquele que vende carvão, é muito sujo. Sua mulher também. Quando a mamãe me manda buscar carvão, eu não vou, e o León é quem vai, porque ele não tem medo de nada. Fito e eu, sim. Lá é muito escuro.

O lugar que eu mais gosto é a ferraria, mas lá a minha mamãe não me manda nunca. "E para que eu preciso de uma ferraria?", diz ela. Mas eu, com o Fito, vou do mesmo jeito. Lá tem cavalos, e eles enfiam pregos nas patas deles, e os cavalos não choram. O ferreiro segura o cavalo por uma pata e crava o prego nela. Uma vez, ele dobrou para nós, para mim e para o Fito, uns pregos que ficaram redondos e agora são nossos anéis. A ferraria tem um cheiro de queimado, porque queimam as patas dos cavalos com um ferro que os ferreiros usam.

Papai disse que os meus tios estão na guerra. O Fito disse que os tios dele também. Eu não tenho certeza disso.

Quando uma pessoa está num lugar, acontecem muitas coisas. Agora, quando ela está em outro, não sei... Se estou com o Fito e mais alguns amigos, acontece muita coisa. Brincamos com o peão, e um dos meus amigos faz o peão dançar na palma da mão, e a mão dele não fica furada, e o peão não cai no chão. Brincamos de bola de gude, e o Fito e eu ganhamos umas bolotas grandes assim, que Tomás nos deu e que eram de umas garrafas suas de "graciosa" que se quebraram. As garrafas de "graciosa" têm bolas de gude dentro, daquelas grandes. Além disso, fazemos muitas outras brincadeiras. Mostramos nossos anéis, e sei lá mais o quê. Quando estamos juntos, fazemos muitas coisas.

Agora, se estamos também em outro lugar quando estamos ali, isso eu não sei dizer.

Mas, se estamos, a mamãe também está lá nos dizendo: "Já tomaram o leite?"

Trouxeram para o nosso campo os prisioneiros do Bloco 2, que conhecemos à distância, separados pelas cercas de arame farpado. Eles fazem parte da turma que trabalha lá na fábrica de munições. São levados ao amanhecer, e é nessa hora que os vemos. Agora estão aqui para trabalhar com os cadáveres.

No Bloco 2 fica o depósito de armas.

E não penses que me esqueço do torrão de açúcar. Não. Mordo-o — "mordo-o", entendes? — porque é como se eu o tivesse comigo. Mordo-o, e ele se quebra um pouquinho na minha boca antes de cada gole de chá, Isaac. Não há nada como um bom copo de chá quente. Não senhor.

E os homens que trabalham com os cadáveres conseguiram esconder vários litros de gasolina.

O tempo, Isaac, se arrasta com uma lentidão irritante.

No meu bairro, havia muitas coisas que já não existem e, se existem, não sei mais delas. Havia uns cavalos muito grandes, que se chamavam percherões e que andavam em dupla e tinham as patas bem peludas. Puxavam um caminhão cheio de barris de cerveja; os caminhões de antes eram carroças. Paravam em frente à casa do Fito e ali baixavam os barris, rolando-os pelo chão. Aquilo fazia um barulhão! O papai do Fito parava os barris num canto. E Fito e eu ficávamos na calçada, esperando para ver os cavalos mijarem. Os cavalos mijavam na calçada porque os barris já estavam cheios.

E, quando o ano se enchia completamente e vinha outro, mais vazio, vendiam-se cordeirinhos. Eram todos pequenos e branquinhos e nunca saíam para a calçada porque não podiam. Eu e o Fito também não podíamos sair à calçada.

Também havia um senhor que vinha com uma caixa; ele girava a manivela e saía música dali. Ele tinha um papagaio verde. Meu irmão dizia que era uma ave. Eu não sei. Muitas pessoas saíam à porta para escutar a música dessa caixa. Depois davam algum dinheiro ao senhor, e ele ia embora. Mamãe dizia que escutar, escutavam todos, mas nem todos saíam porque era preciso pagar. "Por que não saem?", dizia.

E, certa vez, veio outro senhor com outra caixa, mas essa não tinha música. Minha mamãe e a mãe do Fito nos lavaram e nos pentearam e nos colocaram roupas limpas e nos pararam contra uma parede, e esse senhor depois deu uma foto para a gente, que não doeu nadinha de nada.

Minha mamãe tinha uma enorme caixa de vime na qual colocava a roupa suja, e a caixa tinha uma tampa que a gente fechava e passava um pau por uma argola, e então não se podia mais abrir aquela tampa, e aí nessa caixa nós brincávamos de esconder. Uma vez, Fito se enfiou dentro da caixa, eu passei o pau pela argola e me esqueci dele completamente, e o Fito não pôde sair nunca mais, e a mamãe ouvia que gritavam e gritavam; e então encontrou ele, e o Fito chorava e chorava, e disse que não vinha na minha casa nunca mais, mas aí fomos para a calçada jogar com uma bola de pano que o León fez para mim, e que era recheada de jornais do meu pai, e por fora era só uma meia rasgada da dona Catalina.

Uma vez, León chorou. Chorou e chorou, e eu fui ver ele chorar, e ele disse: "Vai, vai, tu não sabes de nada." E meu papai disse: "Acabou, acabou tudo." E eu sei, eu sei... O que acabou é a mámele do papai, e a búbele e todos eles. Todos eles tinham acabado, e a mamãe chorava e chorava, e agarrava-se ao León, e eu fui buscar a caixa de sapatos e entreguei ela à mamãe, e o León: "Sai, sai daqui, tu não sabes de nada." E o meu papai: "Vai para a rua, vai, vai... Vai jogar bola com o Fito, vai, Moishele, tu tens muito tempo."

O Fito e eu ficamos com muita raiva porque um menino nos disse que o Tarzan não vai à praia que fica aqui, na rua que desce e termina na água.

Mas o meu irmão, que é quem sabe de tudo, disse que sim, que o Tarzan é do bairro.

Eu gosto mais do meu irmão do que do Miska, do que de todos.

Às quatro e meia da tarde escutaram-se os disparos. E, imediatamente, um fogo majestoso surgiu sobre as câmaras de gás.

Dois dos SS que conduziam as escavadeiras estão mortos. Nós tomamos os fuzis. Os ucranianos, desconcertados, levantam as mãos. Então nos lançamos aos muros de arame farpado, gritando.

Gritando, simplesmente gritando, modulando gritos, gritos, Isaac, apenas gritos que cortam o ar, gritos que estalam nas nossas gargantas liberando antes de mais nada, antes de ninguém, o grito proibido, incinerado. O grito puro, o grito sem consoantes, ancestral, eterno.

Tão eterno como o silêncio dos deuses, Isaac, é o grito dos homens.

A mamãe do Fito leva-o à igreja, mas ele não quer ir. Diz que o padre coloca-o dentro de um roupeiro e pergunta tudo o que ele fez de errado.

O padre disse ao Fito que não se pode jogar pedras nos bondes, porque eles são feitos para transportar as pessoas. Eu perguntei ao Fito como o padre sabia sobre as pedras. E o Fito me respondeu que o padre disse que Deus vê tudo.

"Deus vê tudo", disse o Fito. "Bah", falamos nós dois.

Então eu e o Fito ficamos assim meio tristes, mas sem chorar.

II.

A carta

Aqui a gente pensa, Velho. Pensa e pensa, e trata, com quatro paus, de montar-se, de montar a nossa vida. Como tu eras, Velho, quando eu não estava? Como era essa história de que o avô, o pai da mamãe, arrendava um monte de cerejeiras, arrendava porque terra, aquilo que se chama terra, eles não tinham, não podiam ter, porque eram pobres, Velho, e porque era a lei, tu dizias. Porque a terra só podia ser de polonês e de Deus (olha só que Cia. Ltda.!); os judeus arrendavam ou faziam sapatos, eram alfaiates; mas também havia judeus que se metiam em qualquer coisa. O Motke de Ganef, por exemplo, era ladrão e gigolô; e o Sholem Aleijhem era escritor; escrevia e era judeu; então era possível ser sapateiro, alfaiate e escritor, e, quando não se era nada, se arrendava alguma terra; porque isso sim, camponeses eram todos eles, de povoado, com vacas e batatas, todos camponeses: o sapateiro, o alfaiate, o escritor, todos; e para ir à guerra, todos iam também. E como era aquela história, com a qual sempre me confundo, que a mamãe era uma menina e subia numa cerejeira para juntar os frutos e/ou para comê-los, e que tu estavas embaixo da árvore e lhe dizias coisas, e ela se ria; era uma menina, papai, essa velhinha tão, tão triste, que às vezes vem e me pergunta: "comeste?" Era uma menina que se ria entre os galhos de uma cerejeira? Como pôde ser, como pode ser? E a guerra, essa guerra e esses camaradas com os quais, no inverno, tu te metias naquelas saunas cheias de pedras quentes, suando pelados, e se batiam com galhos dando gritos e gargalhadas, e depois se sentavam em frente a uma vasilha de barro cheia de vodca, suponho que de má qualidade, porque nunca te vi tomando bebidas caras, Velho, e ali molhavam o pão preto que comiam — pareciam os alcoólicos anônimos! — e tu eras esse, estavas lá com todos os dentes; com os teus dentes verdadeiros, e não estes, feitos pelo protético dentário que vivia em frente à nossa casa, e com o qual tu trocaste uma dentadura completa — que nunca te serviu bem — por um terno cruzado com colete, que no protético, sim, assentava perfeitamente, e ele se chamava Federico Heller Ritter. Nas fotos de antigamente, ninguém sorri, papai, e essas fotos que tu me mostravas — que devem estar por aí perdidas em alguma caixa de sapatos — eram sérias todas elas: tu com traje de militar, tu com uniforme de alfaiate, tu de terno com teus amigos; sério, sério, não; tu, mesmo sério e triste, tens sempre um levíssimo sorriso no rosto, como esse que tu trazes quando vens aqui e conversamos — pouco, sempre é pouco, o tempo é pouco — dessas tolices caseiras tão lindas e somente disso, porque falar de outra coisa não se pode, e tu contas que tirou a palmilha da gaiola dos canários, porque a vida está muito cara e já não se pode gastar com essas coisas, papai, mas que os canários comem bem, e que todos os dias tu trocas os jornais, a história dos jornais da gaiola dos canários, porque tu forras a tábua do piso com sete páginas, como as vacas gordas, como as vacas magras do sonho do faraó José; sete, como os demônios sumérios, como os anõezinhos da Branca de Neve; sete, sete folhas que eles cagam diariamente, e ao amanhecer tu tiravas uma folha e então ficavam seis, limpas, prontas para serem cagadas, porque como caga esse pintassilgo-da-cabeça-preta, e o coleirinho e os canários todos, nem te conto — tinha até um de cor laranja —; e a gaiola, papai, vejo claramente o dia em que a senhora de Cantonet deu-a para ti, eu me lembro, eu ainda era um menininho... ou era um pouquinho maior, porque a mamãe tinha me trazido daquela loja, Introzzi, aquela calça comprida azul que eu tinha vergonha de usar; haviam levado a senhora de Cantonet presa, coitada, sempre a levavam, e ela tirava as cartas e curava e regava as plantas com água benta, e vivia em frente à nossa casa e havia uma nespereira grande, muito grande, carregada de nêsperas e toda bichada, nem a água benta que ela dizia ser do rio Jordão conseguia curá-la; e como, sempre quando a levavam presa, mamãe cuidava-lhe da casa até que ela voltasse, um dia ela te deu de presente a gaiola, e para mim um relógio de ouro — ou apenas dourado —, que ficava tão estranho em mim como as calças lá da Introzzi, e a mamãe dizia: "por que não usas o relógio?", e quem queria usar uma coisa daquelas?, era muito esquisito, e eu ainda sentia falta daquele meu terninho azul de calças curtas com o qual ia aos domingos ao cinema Metropol, até que um dia nunca mais, e a mamãe foi fazer compras na Introzzi.

Agora eu, o que deveria ser eu, estou bem, Velho. Ora, bem... O que eu poderia te dizer! Sabes que me recordo até da outra casa, a da Gonzalo Ramírez, quando a mamãe se sentava naquele banco pequenino que o Ramón fez com um pouco de madeira que trouxe da obra, que era pequeno para tomar mate, que a mamãe tomava sempre doce, e com aquele banquinho ela tinha tudo à mão: a chaleira, o açucareiro, tudo, parecia uma rainha: tu te lembras?; a mamãe estava nesse banquinho e era domingo, mas não tomava mate; o que ela tinha era a panela grande, cheia de água quente, e usava o avental que não era um avental, nós o chamávamos de "o pano", e ali estava a galinha degolada religiosamente — era domingo —, e a água quente ajudava a soltar as penas, e a mamãe com uma das mãos agarrava a galinha — que era gorda e muito bonita — e com a outra, aos puxões, arrancava e arrancava as penas, e só ficava a cabeça como era antes, então a mamãe cortava-a para Miska, e as patas eram amarelas, de unhas pretas; e a gata, que não deixava nenhum boneco com a cabeça no lugar, imaginas como deixava a pobre da galinha. E o que aquilo deveria doer, coitada; imaginas, Velho, o que dói, papai, isso de irem te arrancando os pedaços.

E os cossacos eram como selvagens, tu me dizias, e um deles perseguiu-te com o sabre, e uma mulher polonesa te escondeu na sua casa, e tu fazias um gesto de "me agarrou assim", e era como um abraço, e a mulher te enfiou para dentro da casa, e eu sempre fiquei imaginando o cossaco do Don a cavalo, carabina nas costas e sabre em riste, quando a senhora polonesa veio e te meteu para dentro de casa e fechou a porta, e justamente quando a porta se fechou o cossaco lançou o sabre que se cravou na madeira da porta, e o cossaco gritou furioso e arrancou o sabre e seguiu a sua correria com os outros, que eram soldados do Don e do Lenin, mas tu me dizias que eram do Trotski; e isso tudo aconteceu nos anos de 1918 e 1919, poloneses contra os russos, e tu te escondeste num canavial — suponho que lá havia espigas de milho, ou alfafa ou trigo, eu sei lá —, e tu ficaste deitado entre as plantas, e a senhora polonesa trazia comida para ti, vasilhas de coalhada, pão preto, um nabo, e assim foi por dias. E o que tu fizeste com o fuzil, e como era estar numa trincheira, e quando apareceu um avião — e tu nunca havias visto um avião antes na tua vida, e vieram um, dois, três aviões —, todos escondiam a cabeça entre as pernas porque eles atiravam com uma metralhadora, e vocês tinham uma metralhadora na trincheira, mas mesmo assim escondiam a cabeça; e ninguém sabia por que se lutava, mas que eram muitos países contra a revolução, e vocês queriam ser feridos em batalha, mas não muito, apenas o suficiente para voltar à retaguarda, e houve um soldado que colocou o próprio dedo em frente à metralhadora enquanto ela disparava, e assim voltou à retaguarda, e tu me dizias que alfaiate ele não era, porque a metralhadora arrancou-lhe o dedo do dedal.

Como era, papai, a casa onde o León nasceu; como era a mamãe e como tu eras, Velho?; o que tomavam, licor de cereja, vodca, o quê?; e houve festa e estavam os teus pais e os da mamãe e os tios; o que comeram, não me diga que foi *guefilte fish* — eu comeria uma bandeja, Velho, de *guefilte fish* ou de qualquer outra coisa, aqui não tenho nada de comer, Velho, mas essa já é outra história —; se alguém tocou violino ou acordeão, se dançaram, se tu dançavas ali com eles, mamãe não, mamãe estava na cama com León ao seu lado e olhava-o como as mamães olham os seus bebês, mamãe olhava assim, eu nunca vi esse olhar, mas imagino que seria assim, Velho, e lhe cantaria canções de ninar em iídiche, que canções?, e cantou-as para mim também?, não me lembro, não sei; como era a cama, estava com o *ibebet*, o edredom de penas que a mamãe trouxe com ela no barco, no qual a gente afundava e que era lindíssimo, que ficava na cama grande e vocês não deixavam que eu me atirasse sobre ele porque se rasgaria.

Quando foi que León não quis mais se chamar León? Provavelmente na escola noturna falaram alguma coisa para ele, e então decidiu se chamar Leonel; e eu também me chamei Leonel, mas isso muito depois, para que ele seguisse estando quando já não estava, como se eu hoje, Velho, resolvesse chamar-me de Isaac.

E a história do violino. Um dia, tu me compraste um violino, compraste-o para mim, porque quando León nasceu havia um violino, pois Tobias, o leiteiro, tocava violino; os judeus tocam violino e não piano porque precisam ter a bagagem leve — se tu foges de um pogrom não vais carregar um piano, tu sobes na carroça e te acomodas entre a gaiola das galinhas e o baú de roupa de cama, tiras o violino do estojo e tocas o "Eili Eili" ou o "Hatickva", que eu tocava e agora já não sei mais, papai; e nem penses em mandar-me o violino aqui; tu não, mas a mamãe sim tem dessas coisas, me pergunta se vejo televisão, eu vejo as aranhas tecendo suas teias, Velho, e o resto é silêncio; mas mesmo assim às vezes paro no centro dos meus dois metros quadrados e encaixo o violino sob o queixo, seguro-o bem, e, enquanto a mão esquerda ajusta as cravelhas e afina, com a direita — com o arco de cerdas brancas no qual acabei de dar uma amaciada com parafina, e com o pé esquerdo ligeiramente avançado — marco o compasso, Velho... Mas o que me sai é um tango, não tem jeito!

Tinhas cavalo, Velho? Não um cavalo imponente como aquele do cossaco, um cavalo comum. Eu acho que sim. E tinhas carroça. Para fugir dos pogroms. Porque, se vocês não tinham carroça nem cavalo nem baú para a roupa de cama, como poderiam acomodar o violino entre a gaiola das galinhas e o barril de pepinos em conserva para a viagem?; afinal, as estradas, as fugas e a emigração são muito longas, Velho. Então, eu pergunto: como se chamava o teu cavalo?

E lá estava o rádio. Nisso não se toca. Ficava na tua oficina, e a hora polonesa-israelita, e Jeibu Katz com o seu "olho, muito olho", e nunca entendi por que tu gostavas tanto de Mercedes Simone, se tu entendias o que ela cantava, ou se era apenas a voz... Sei lá! Mas o rádio era só um e ficava na tua oficina enquanto a mamãe cozinhava e chorava, cortava lapelas e chorava, abria a sapateira e acariciava os sapatos de León e chorava; e às nove horas da noite se apagavam as luzes e todos íamos para a cama, e eu ia para a cama de León, que ficava no quarto de vocês, porque o outro quarto nós locávamos para pagar o aluguel; e nele vivia Zulma, que fazia programas e a mamãe nem desconfiava, e tu também não sabias de nada, e a coisa pegou fogo porque, quando terminavam os jogos no Estádio, Zulma sentava-se à porta da nossa casa, maquiada e com a sua cerveja na mão, e levava amigos para a peça, e a mamãe não queria nada disso; mas o que eu quero te dizer é que às nove se apagava tudo; mas eu não, eu era um menino, papai, não me apagava tão fácil, vocês nunca falaram sobre isso?, não diziam: "que faz o Moishe, coitadinho, às nove horas na cama?" E eu te conto isso porque aqui, papai, são sempre nove horas. Mas sem cama.

Nos sábados à noite, a casa enchia-se de luas cheias; eram finas, redondas, e ficavam arejando sobre a mesa, polvilhadas com farinha; eram muitas luas para o domingo, quando a mamãe as transformava numa espécie de salsicha bem grossa, e cortava e cortava como se fosse uma máquina de costura, e nasciam os talharins que ela erguia com as duas mãos como para ventilá-los, desenredá-los, ofertando-os a Jeová — que nunca veio — enquanto, na panela pequena, a carne desfiada consumia e consumia enormes quantidades de água quente na qual a mamãe juntava os temperos, e assim por três, quatro horas, para que no fim o papai comentasse sempre: "se desfaz dentro da boca"; porque, Velho, com os dentes feitos pelo Federico Heller Ritter, tu não ias muito mais longe. E aquilo era a nossa vida, ao meio-dia à mesa, e éramos uma família de três três três três na Polônia não havia ninguém três León já não estava mais — Leonel — e se comia ao meio-dia. Os três.

Agora não sou mais aquele, Velho. Mas tive que te contar tudo isso para que soubesses que o de agora sou mesmo eu. Porque, quando te deixaram me visitar pela primeira vez por causa das denúncias, tu te lembras?, para que tu viesses aqui, e visses que eu era eu e que estava de pé, o tenente disse: "aqui está o teu filho, tens dez minutos", e tu olhaste para mim e depois para o tenente e falaste: "ele não é o meu filho, onde está o meu filho?"; e te fizeram sentar a uma mesa em frente a mim e eu te contei, e me contei, e te falei dos talharins da mamãe e da cama do León e de toda a casa onde vivíamos e que eu era o Moishe, papai, um pouco cansado mas Moishe, e que a gata se chamava Miska, e não te perguntei pelo Fito porque depois iam me perguntar quem era esse Fito, e de qual coluna; mas te contei da mamãe que eles sabem que é a mamãe, e dos domingos no cemitério quando tomávamos dois ônibus para chegar a La Paz e não se falava nada nunca, nunca falávamos, papai; e chegávamos e tu colocavas o teu quipá e colocavas em mim um quipá, e nos aproximávamos do túmulo de León, e a mamãe gritava e batia a cabeça e os punhos contra a lápide de granito, e tu calado choravas baixinho como agora papai que sabes que eu sou eu e terminaram os dez minutos.

E eu fiquei com a cama do León, onde o vi pela última vez na manhã na qual me tiraram de casa; ele estava encolhidinho e deitado de costas, olhando a parede, com a febre da meningite que haviam diagnosticado erroneamente como gripe. E sobrou para mim a cama dele, que tinha um pouco de bronze na cabeceira, onde dois anjos de antimônio, de asas abertas e pernas esticadas como num salto de balé, davam-se as mãos, para quê?, eu me pergunto. Para quê?

Era barulhenta aquela cama, as molas faziam barulho, e eu às vezes esperava que passasse o 23 de ida e o 18 de volta para que o ruído do bonde se confundisse com o da palha. Porque olha que os bondes faziam barulho, Velho, quando passavam em frente de casa e o condutor tocava o sino, pois exatamente ali o bonde acelerava.

E eu lá, no quarto de vocês, porque no outro ficava a oficina, no outro a Zulma, e o Mondiola ficava no sótão; e eu ali, tateando meus pentelhos para ver se haviam nascido mais, e metia a mão para ser homem igual aos do porto, e eu dava que dava e não saía nada, porcaria nenhuma, até aquela noite em que te despertei ou despertou-te o ruído — que não era do 23 —, e tu: "isso se faz, isso se faz?", e a mamãe, coitada, no outro dia tratou de fazer a mudança, reordenou a peça do provador, empurraram aquele roupeiro enorme, com vidros e cheio de roupas, e entre a rouparia e a parede tive o meu quarto, papai, com vista para a Singer, tive privacidade, Velho; e lá sim, dava que dava até sair o caldinho, aquele que começou a complicar as coisas porque manchava, e foi quando introduzi revistas e jornais velhos como receptáculos do tal fluido. Aquilo sim que era vida, papai, não como aqui, que não te autorizam a leitura.

A tua oficina tinha um balcão como de mármore branco, ou era mesmo de mármore branco, não sei. Faltavam-lhe dentes, creio que dois, e um estava frouxo, aquele que eu apalpava de brincadeira, e tu, Velho, e quem mais seria?, xingavas-me: "Sim, sim, depois tu vais pagar por isso aí." Era o teu orgulho, e o de todos, o estilo de Miska, com o pelo tigrado, sentada muito senhora de si, sobre o corrimão branco, esse sim totalmente intacto. Miska dobrava as patas dianteiras e olhava para a rua, como uma deidade egípcia. E tu lá, em frente à mesa, com aquela prancha enorme com a qual eu vi León fazer ginástica certa vez (apoiava-a à nuca para fazer musculação), e a fita métrica pendurada ao pescoço, soberba, como uma insígnia de Grande Mestre ou Cardeal, comparação esta última que não te agradaria muito. Aí estavas tu, sem sair à varanda, já sem esperar o carteiro porque ele havia deixado de existir na tua vida, na vida, era então um ofício inútil para ti, desnecessário, e tu nem o saudavas mais ou, às vezes, discretamente, como se fosse qualquer um, quando o "dom Isaac" te surpreendeu sem expectativas, indiferente: olhaste sobre a varanda, e pelo espaço onde faltavam aqueles dois dentes, Sacucho, que era carteiro e vivia no nosso bairro, estendia um envelope para ti e dizia: "Carta, dom Isaac."

Mamãe estava na cozinha, ralando batatas. Mamãe, com batatas raladas e cebola, podia fazer uma fainá na "rassadeira"* como ela dizia, ou *lactelej*, que, se tu não sabes, são uns bolinhos chatos, fritos, de batatas e cebola, mas em iídiche. Mamãe, bem cedinho, na hora em que o papai trocava a leitura dos canários, regava as plantas, fazia-lhes comentários ou fazia-os para si mesma como se falasse com os seus coléus, arrancava-lhes alguma folha seca. Quando chovia, o pátio, que era de claraboia fixa — fixa não, era corrediça, mas muito velha e tinha emperrado, e então permanecia fechada, imóvel —, então, bem, quando chovia o pátio se agitava todo. Não apenas pelas goteiras que entravam pelo rejunte quebrado e solto dos vidros, que de tempos em tempos eram consertados, mas sim porque a mamãe arrastava o papai para o pátio para que carregasse, ele, papai, porque a mamãe não podia, as latas e os vasos de quarenta plantas e as colocasse na calçada; porque a Velha tinha certeza de que regar era uma coisa e chover era outra diferente, e que as plantas necessitavam de água da chuva, que fazer?, até que recebessem o suficiente. E então lá se ia o Velho outra vez, rapidinho para não se molhar, e entrava no bosquezinho engarrafado que alegrava o pátio de uma casa onde as alegrias vinham apenas das plantas e da gaiola. Pois, naquele dia, a mamãe ralava batatas. Ralava quase até os dedos, sobrava apenas um pedacinho sem

* "Rassadeira", no original "rasadera", seria assadeira, palavra cuja pronúncia correta era impossível para a personagem, devido à sua dificuldade com o idioma espanhol. (*N. da T.*)

ralar, um pedacinho que ia dar não sei onde mas que nunca se jogava fora — como os pensamentos de mamãe enquanto ela ralava, pensamentos que ela não abandonava nunca, mas que jamais soube aonde iam. Acho que iam sempre para León, ou para a cerejeira de sua infância, talvez, e suponho que nunca para um vestido, uma festa; e entre uns e outros, seus pensamentos iam para algum número que lhe vinha na cabeça e que ela guardava para que, quando passasse o homem da loteria, buscasse sua fortuna em uma *redoblona*.* E assim estava ela, ralando fino batatas e pensamentos no seu ralador de lata, quando o papai gritou, contagiando-a com o seu grito; e a mamãe ficou alarmada, assustada, impactada, ferida pelo grito de "ROSA!" que varreu o pátio, sacudiu as plantas e fez estremecer os canários. O lábio inferior do papai tremia quando, desde a oficina, mostrou à mamãe, sustentando quase com temor, um retângulo de papel selado, ainda sem abrir, inteiro, vivo, cheio de voos, talvez com um halo luminoso ao seu redor; e a sua voz, a voz do Velho, que tinha gritado todo o seu mundo naquele "Rosa", então apenas pôde murmurar para a mamãe, que o olhava com uma batata em suspenso, um "carta... chegou carta".

E por que te escrevo tudo isso hoje, Velho? Não sei. Talvez para contar-te o que lembro e, antes de mais nada, contar-te o que lembro para que vejas o pouco que sei, pois quero saber mais, quero mais memórias, mais da tua memória, conta-me, temos muito o que falar. Por que falamos tão pou-

* Série de jogadas combinadas que se fazem em certos jogos de azar e corridas de cavalos, e nas quais o total ou parte do obtido na primeira jogada se aposta na seguinte ou em outras. (*N. da T.*)

co? Porque nunca te disse: "Velho, vamos conversar"? Não tínhamos, Velho, um idioma comum entre nós. Nem tu tinhas um espanhol para conversas, nem eu passei de quatro frases em iídiche. Mas, de qualquer modo, Velho... Naquela mesa de três nunca se falava, eu falava para dentro, gesticulava, discutia, com quem?, e a mamãe me perguntava: "com quem falas?", e tu me recriminavas porque eu nunca tinha nada para conversar, e tomavas a tua sopa bem quente, e a mamãe intervia com um "queres mais? queres mais quente?". E hoje, saibas, tudo que te faltou por contar, por contar-me, talvez nem te importava contar, ou não te importava porque a mim não me importava; mas agora sim, por favor, conta-me. Conta-me de como tu te apaixonaste pela mamãe, das tuas outras namoradas — tiveste outras? —, de como era o barco no qual tu vieste, dos teus irmãos de barco, das tuas canções — que cantavas? Nunca te ouvi. Nunca te ouvi cantar e tu gostavas de Jeibu Katz e de Mercedes Simone.

Adela sim, ela sabe dos pais quando eram namorados lá na Polônia. Não eram do nosso povoado, papai, mas eram de um povoado parecido; o velho Iakup era *cuenteñick, clapper*.* E uma vez, quando viu Adela e eu de mãos dadas pela rua, ele se escondeu, porque vinha carregado de cobertores que vendia a prazo e sentiu vergonha; e Adela o viu e correu e correu atrás dele: "Já te vi, já te vi, papai, papai." Porque ela não tinha vergonha e queria que ele também não tivesse, não de nós, não, por quê? Quando o velho Iakup veio para o Uruguai era o ano de 1930, e ele viu bandeiras vermelhas

* "Cuenteñik": em iídiche, vendedor de rua, ambulante que se anuncia batendo palmas. "Clapper": em inglês, batedor de palmas.

por todos os lados, em todas as varandas; então escreveu aos seus irmãos, aos seus amigos: "Venham, venham todos, que aqui triunfou o socialismo." Depois ficou sabendo que eram as festas do Centenário da Constituição, e que as bandeiras eram apenas do partido colorado. O velho Iakup escrevia, papai, e tinha um baú cheio de contos; mas uma vez esqueceu-o numa mudança, não sei bem, ou era uma mala e ele tinha outras e pegou um trem e esqueceu justamente aquela, a dos contos, não sei. Sei que perdeu tudo e não escreveu nunca mais, não quis mais escrever. Somente uma vez que o *Unzer Fraint*, que era o jornal que tu lias, um jornal de esquerda, de judeus pobres, pediu-lhe um conto para o seu aniversário, então sim, ele escreveu. Logo ele era *cuenteñick* e escritor, e quando chegou aqui vendia peixe, mas isso não deu muito certo, porque uma roupa se pode guardar, e um peixe de um dia para o outro já não serve; e Adela dizia que na sua casa eles comiam muito peixe — e que vontade, papai, de comer um *guefilte fish*. Bem, então Iakup contou à filha que ele era muito jovem e a mãe de Adela também, e era na Polônia, e os dois se viam à noite, mas com a irmã mais velha da mãe de Adela junto, que levava um lampião, e então iam para o celeiro e não faziam nada por lá. Iakup somente lia os versos que havia escrito para ela, a noiva, que era a mãe de Adela. E tu, o que dizias à mamãe? Tu a fazias rir? Do que vocês falavam? Só tenho a ti, meu Velho, ao pé daquela cerejeira, e a mamãe comendo e comendo e colhendo cerejas e rindo. Como era a risada da mamãe?

E hoje, aqui, percorrendo o mundo com três passos curtos meia-volta três passos curtos, e isso eu não te conto, para quê?, mas meu mundo é esse, de dois metros por um, sem luz sem livro sem um rosto sem sol sem água sem sem e te escrevo; mas isso não, isso é meu, seguro esta barra por meses anos anos anos tantos anos, e temos que falar tudo aquilo que nunca falamos, tudo de agora tudo de antes, de como foi a festa que fizeram no povoado quando León nasceu, e como ele chorou quando lhe cortaram o prepúcio, ou não chorou porque León era o melhor de todos; e isso eu sei, todos nós sabíamos, mamãe sabia, sentia isso e eu sentia que a mamãe sentia isso; e, se León tivesse estado à mesa de três, León teria falado contigo com a mamãe comigo, León falava comigo, me levou à praia Ramírez, ao Parque Rodó — o cavalinho de lá se chamava Tarzan —, e juntava figurinhas para mim, e eu tinha um irmão mais velho e ninguém me fazia nada porque eu tinha um irmão mais velho, que era o melhor, e ele teria me ensinado iídiche, e a ti e a mamãe mais espanhol e sei lá o quê mais, te digo isso agora, Velho, porque com a minha vida de hoje me dou conta de que naqueles dias eu tinha o que agora tenho: tristeza.

Uma carta, hoje em dia, já não é como antes. Não é mais a mesma coisa. Aqui sim. Aqui se pode compreender aquilo que uma carta significava antes: papel, caneta, o envelope, tempo para escrever trabalhosamente. Tudo. Numa carta ia tudo. Desde os ovos da galinha vermelha, até a gravidez de Miriam, e não sabes como choveu por aqui, tudo. E depois a charrete que seguia desde a chácara — ou seja lá como se chame na Polônia — até o povoado, onde o barbeiro ou o vendedor do lugar as enfiava numa bolsa que todas as quintas-feiras a carroça ou a diligência recolhia, e a gente pensa naqueles filmes de faroeste, nos quais o cavalo comia vento e o menino dizia "ali vai o correio", e o ginete saudava as pessoas sem tirar o pé do acelerador, e os alforjes da correspondência batucavam a anca do cavalo, que se perdia entre as Rochosas envolto em poeira. Depois o escritório central, e dali a classificação manual, artesanal, o embolso, o destino trocado a dois por três, e ao barco e à taberna e ao mar esquivando-se de icebergs — digo eu — ou submarinos do Eixo, ou piratas e, por fim, o porto. E aí acontecia a mesma coisa, mas ao contrário, a bagunça geográfica do desembarque: "esta bolsa é para cá", "não, essa não, a Argentina é mais adiante, deixa aí a do Paraguai". Por isso, cada carta que chegava era, apenas pelo fato de chegar, um acontecimento. E abri-la era outra história. Aqui entendo as cartas de antes. Eu te entendo, Velho, o chegará não chegará, o que traz, alguma coisa boa, aconteceu algo?; mas fosse o que fosse, a chegada da carta era um acontecimento que valia o dia e, às vezes, muito mais até, infinitamente mais do que o dia. Pelo menos as cartas rendiam comentários que se arrastavam por dias, piadas, nomes que voltavam, lugares que despertavam recordações, outras recordações, apagadas na memória, que aguardavam apenas a palavra mágica para que a lembrança revivesse a plantação de cerejeiras, ou o trenó velho que guardavas no celeiro, se é que tu tinhas trenó ou celeiro, papai; o que tu tinhas no povoado era, suponho, um cinema, porque uma vez tu me falaste de dois comediantes — Pat e Patachon — e de Tom Mix, que tinha um espelhinho na parte de trás do seu chapéu de caubói para ver quem o seguia, digamos que era um caubói com espelho retrovisor. Depois a história das cartas "recomendadas", que valiam a pena ou não valiam, porque demoravam mais a chegar, e isso de que as recomendavam, mas a quem? "Toma, cuida desta carta para mim, eu a recomendo." E nem se fala de quando chegavam as festas de final de ano, e a papelada fazia encurvar o pobre do carteiro, que só ficava livre depois de entregar tudo aquilo, e cada bueiro que ele cruzava era uma tentação à qual sucumbia a dois por três, e se acabou a entrega, e lá se ia a tal carta recomendada pelo cano. Então agora eu te compreendo, Velho, porque vivo isso aqui; além do Muro existe fax, telefone, e-mail, e o avião em meio dia sem escalas faz chegar a tua carta em mãos. A carta, lá fora, hoje, é desimportante. Aqui, é o que mais vale. Autorizam-te a receber uma a cada quinze dias, uma única lauda, em letra de imprensa, onde não se pode dizer nada mais do que está tudo bem: a saúde, o tempo, a mamãe; e não nominar ninguém, como se não tivesses vizinhos, amigos — parentes sei que não tens —, mas a gente do bairro está toda aí, nas linhas não escritas e tantas vezes censuradas. Ainda assim, papai, essa folha solta com quatro frases é uma golfada de ar, um pássaro que revoa, familiar, que pousa nas minhas mãos e dança nas minhas pupilas e me deixa uma reserva de papel para quando a última palha de cigarro virar fumaça.

Mamãe secou as mãos no avental, mas deu-se conta de que não era o suficiente, e foi e lavou as mãos e "para quem é?". Papai, quando gritou "Rosa!", não era para que ela viesse; era para gritar, para gritar o nome de alguém, o nome de alguém que existisse, como quando a mamãe gritava "León" no cemitério de La Paz, e era para que, gritando o nome, o nominado estivesse presente, porque as pessoas têm um nome, e um nome sem pessoa é um vazio; quando se evoca, se evoca um nome, e, quando se reclama, se grita um nome; e papai gritou no seu "Rosa!" todos os nomes, todos os nomes que faltavam, que lhe faltavam, que nos faltavam, nomes que interrompessem o ralar das batatas, o pregar de uma meia-sola, a ordenha, um cerzido, a lavagem das cerejas para destilar. O nome da mamãe era todos os nomes: irmãos, irmãs, mámele e tátele, as avós e os sobrinhos, todos podiam estar ou não estar nessa carta que o velho segurava com cuidado e com temor, como quando tirava da gaiola, delicadamente, mas com firmeza, um canarinho que pretendia cruzar com uma canária muito fina que um vizinho lhe dera para a cruza, e ao qual não queria machucar, e não queria que voasse, e ficou na sua mão a irrealidade de um pássaro, a irrealidade de uma carta que podia fugir, voltar à bolsa de couro escuro de Sacucho, e daí ao barco de retorno. Então a mamãe deu-se conta de que também precisava limpar a mesa, e limpou a mesa, e papai, quando a chamou, foi até ela, e estava ali junto à cozinha, de frente para a mesa, com a sua estola métrica ao pescoço, sacerdote da agulha, alfaiatezinho valente, carta na mão, óculos no rosto e os olhos nublados.

Nunca te contei isso, papai, mas já é hora de saberes: tu foste o herói das histórias infantis que fiz para a minha filha pequenina antes de deixar de vê-la pequenina para sempre. Para a tua única neta, papai, que a mamãe pediu que também se chamasse Esther, como a mãe dela, minha búbele desconhecida, conhecida apenas daquelas fotos apagadas na minha memória, e que jazia, como a própria memória, numa caixa de sapatos. E hoje me alegro com esse nome, Velho, muito mais do que quando o coloquei na minha filha, porque agora sei que tenho/tive uma avó, uma búbele que se chamava Esther. Assim que Esther, a pequena, dilatava as pupilas e abria a boquinha quando eu lhe contava as façanhas do Alfaiatezinho Valente, agulha em riste, enfrentando seus inimigos, os maus, os gigantes e os dragões com braceletes da SS, aos quais tu ameaçavas sem temor, e enfrentavas sem medo, sem mais proteção do que o teu dedal indestrutível, sem recorrer à artilharia pesada da tua tesoura impossível de manejar no ar, a qual apoiavas uma das pernas sobre a mesa e a outra, feroz, se abria como a goela de um animal pré-histórico, cortante, firme, e do nosso lado. As tesouras sempre estavam do nosso lado, sempre combatiam do nosso lado, sempre venciam, papai, nas tuas mãos, quando aniquilavas, sempre com respeito, nunca um "ieke pots",* papai, essa expressão que tanto repetias. Então era chegada a hora de revelar a identidade secreta do herói, de mostrar a sua personalidade oculta, cotidiana, como acontecia ou deveria acontecer com os mascarados: o Cavaleiro Solitário, o Fantasma, o Batman e o Zorro; e assim cada episódio culminava com... "e o Alfaiatezinho Valente não era outro que... o avô Isaac!", e a minha filha Esther aguardava isso desde o começo do relato. Então, ela ria e alegrava-se ainda mais com a revelação do que com a própria história, e era sempre assim, porque aguardava, nervosa, o que sabia que iria acontecer desde o começo, e entre as risadinhas finais de dentes de leite repetia: "Era o avô, era o avô"; e o avô Isaac, papai, alfaiatezinho valente, membro do Sindicato Único da Agulha, ao qual acrescentavas, mesmo quando deixou de existir, "filial UGT". E, às vezes, o fim da história dava uma voltinha a mais, quando Esther perguntava: "E a avó?"; e eu lhe dizia que claro, como a avó não iria estar na história também, se SS queria dizer Somos Sujos; então a avó vinha com o balde e a escova, e fazia os bandidos cor-

* Apelido depreciativo para judeu alemão. "Pots" é palavra chula. (*N. da T.*)

rerem e correrem para que não voltassem nunca mais, até o próximo episódio.

Lá em casa, papai, tínhamos uma batalha: a batalha do banheiro. O banheiro estava vinculado à única brincadeira tua que consigo recordar. Cada vez que ias para lá, levando uma folha velha do *Unzer Fraint,* dizias: "Vou escrever uma carta para o Hitler." A tua correspondência com ele, Velho, foi bastante profícua. Mas a batalha da minha memória não tinha a ver com isso. O fato era que, para a higiene, tínhamos um arame dobrado, preso ao cano da cisterna, onde penduravam-se páginas de velhos jornais que, no final das contas, dividiam o mesmo destino que as páginas destinadas à gaiola dos canários. Para mim, aquilo era muito complicado de usar, e a mamãe, que concordava comigo, pois essa era a sua maneira de me mimar, conservava para meu exclusivo uso (creio que também para o dela) o papel pardo do açúcar, e o branquíssimo papel da padaria, que era, digamos, do melhor. Aconteceu, então, que um dia, após a escola, passei pela casa do meu amigo Juan, que era uma casa muito bonita e grande, para convidá-lo a ir ao campinho jogar com a minha bola de borracha vermelha. Juan estava tomando banho, e a sua mãe disse: "Está no chuveiro, podes subir", e eu subi por uma escada de mármore, tenho para mim que era de mármore, pela qual se chegava a uma peça quadrada, e depois se seguia mais um pouco, para dar no banheiro de Juan, que era muito grande, tal como nos filmes, e ele estava lá se secando; e aí vi, contra a parede, um cilindro branco no qual toquei com um dedo e ele girou uma meia-volta; e Juan: "Deixa isso quieto"; e eu: "Mas o que é isso?"; e Juan: "É para limpar a bunda, idiota." Assim foi como descobri o papel higiênico, papai, o qual quis introduzir na nossa casa, e tu não querias, e a mamãe: "Bem, só pra ele então", até que trouxeram aquele rolo que passou a dividir o arame com o *Unzer Fraint*, e sobre o qual tu me falaste "isso se arranca assim, ó, isso custa dinheiro". E como são as coisas, Velho. Aqui, quando te levam para cagar (quando te levam), fico louco para encontrar um pedacinho de jornal no banheiro, para ver se pesco alguma notícia, e, quando capturo algum jornal, papai, velhos pedaços que a guarda deixa como restos do seu próprio uso, e consigo de relance pescar alguma frase que não dá para nada porque aqui todas as notícias são de merda, eu me lembro, Velho, da tua conversa rumo ao reservado lá de casa e sorrio, papai, sorrio para ti.

"Para quem é", voltou a dizer a mamãe depois de limpar a mesa e enquanto secava as mãos no avental. "Para quem é", dito em um tom duvidoso de pergunta. "Para quem é", em tom de incerteza, de temor, de ira, e algo de interrogação, papai, de interrogação à vida, talvez, ao destino, a esse deus mesquinho que tirava tudo e não dava nada e ameaçava para chatear, somente, porque para fazer tudo o que fez deveria ter feito sem ameaças, porque as ameaças guardam sempre uma pequeníssima fresta de esperança, "se não te portas bem, te mato", então te sobra a chance de portar-te bem, "e se não guardam os mandamentos e o temor a Deus, inundo tudo e arrebento Sodoma". Tu guardavas os mandamentos, e te livravas do dilúvio e das pestes e do terremoto. Mas aqui não, aqui Ele não deu descanso ao Povo Escolhido, ao qual dizimou, varreu em nome de nada; e ali estava a mamãe sem saber o que fazer com essas suas mãos que sovavam a massa como ninguém, essas mãos que não sabiam ficar quietas, que limpavam e cozinhavam e iam para a tua oficina cortar lapelas, e perguntando "para quem é", para quem é, meu Deus, que quero saber se a minha mãe vive, se o meu pai vive, se vive algo, alguém, um irmão, não sei... E eu estava ali, papai, e não estava. Não estava nem nos teus olhos nem nos olhos da minha mãe. Não estava quando falavam iídiche, baixinho, intensamente, rápido, entrecortado; não estava. Eu era uma coisa que estava ali, ilhado por gigantescas ondas que não chegavam até mim, estava do lado de fora, papai, ali acontecia alguma coisa e eu não estava e estava ali. Agora sim. Agora sim, papai. Estou ali.

E aqui, Velho, vê como são as coisas, arregaço minhas calças para buscar o pintinho da mamãe. Porque "me veio", como tu dizes quando te lembras de algo, "me veio" aquela história de quando vivíamos em Florida, e tínhamos galinhas e a mamãe estava grávida (olha só, papai, as coisas estranhas de que me lembro), e as galinhas tinham seus pintinhos e um pintinho se desgarrou da sua mãe e caiu na fossa, que era um poço negro, e tu e os vizinhos correram para salvá-lo, e a mamãe gostava muito desse pintinho, de todos, mas desse mais do que todos porque caiu na fossa, e ela estava grávida e agarrou a própria perna e aí, no lugar onde ela se tocou, quando eu nasci, nesse lugar da perna, mas na minha, havia um pintinho, uma mancha, um sinal alongado que era um pintinho — "não vês, aqui, a cabeça, tudo?", explicava-me a mamãe — e eu acabo de arregaçar minhas calças, Velho, e tenho sim essa mancha; mas de pintinho, Velho, por mais vontade que coloque nisso, não vejo nem por um caralho, e muito menos uma cabeça de frango, que se existisse mesmo, eu aqui, a depenava e comia.

Uma vez, Velho, fiz uma brincadeira com a mamãe porque tu me havias feito uma parecida, de mortos. Mamãe estava sentada na cama e, do criado-mudo, que tinha uma gavetinha e uma porta como a de um armarinho, ela tirara as roupas de León, as roupas que ela tirava todos os dias, e todos os dias desdobrava e dobrava novamente, e estava tudo muito limpo e eu nunca me incomodei com isso, mamãe guardava-as ali, e sentava e acariciava peça por peça — me lembro de um blusão de lã verde — e chorava. Chorava naturalmente, muito naturalmente, mamãe já chorava como quem respira ou urina. Sem gemidos, sem suspiros, sem interjeições, sem comentários, sem ver, sem me ver, eu que havia entrado ali não sei se para consolá-la, talvez para competir, ou simplesmente para bater ponto nas suas pupilas, para entrar nas suas pupilas como antes entrara no dormitório, onde sentei ao seu lado e lhe disse "sabes de uma coisa?", e mamãe olhou-me como que dizendo "eu sei que estás aí, Moishe"; mas não disse "Moishe" nem nada, e creio que me tocou de leve a cabeça, mas a sua mão voltou então à roupa de León, e a roupa sim, ela acariciava, e eu repeti "sabes de uma coisa, mamãe?, quando eu voltava da escola e estava na parada, passou um bonde que não era o meu, e sabes de uma coisa?, mamãe, no bonde..."

E eu lhe contei isso, Velho, e não sei por que comecei a falar, sei lá por que fiz aquilo, talvez por causa do que te disse sobre a história que ouvi de ti, por outra coisa talvez, não sei... É muito difícil saber qual é a razão última ou primeira de qualquer coisa que fazemos; e se eu disse aquilo à mamãe porque tu me contaste uma história, não, não contaste essa história para mim, contaste não me lembro para quem e eu a ouvi, faz muito tempo, e havia gente e tomavam chá, copos de chá com um torrão de açúcar no pires, e estávamos a uma mesa onde se jogava dominó em grupos de quatro e era muito chato quando tu tiravas o seis duplo, e tu contaste, porque todos contavam algo uma vez que chovia lá fora e dentro tomavam o chá, e constaste que no teu povoado tinha morrido a mãe de uma vizinha que era cristã, e que a haviam enterrado à tarde, mas que a filha, lá pelas duas da madrugada, sentou-se na cama e começou a gritar "mamãe está viva, mamãe está viva", e o esposo dizia que não, "nós já a enterramos, querida, já a enterramos", e todos acreditavam que aquilo era apenas dor, mas ela batia o pé, que mamãe está viva, mamãe está viva, e se ouviam seus gritos, e os vizinhos foram ver e tu foste também, e ela "vamos, vamos, temos que tirar a mamãe de lá, vamos, vamos", e era tão forte e firme a decisão dela que despertaram o padre e todos foram e, no cemitério, com as pás que levaram, cavaram e cavaram até o caixão, e tinham lampiões, e o padre usava botas, e então abriram o caixão, e a mãe estava morta, mas deitada de lado, com os dedos mordidos e ensanguentados.

Por isso eu disse à mamãe: "Sabes de uma coisa, mamãe?, quando eu voltava da escola e estava na parada passou um bonde que não era o meu e, sabes de uma coisa, mamãe?, no bonde me pareceu que estava ele, León, na janelinha, e me olhou, e a mim me pareceu que ia dar umas voltas, mas que voltava, porque às vezes isso acontece, mamãe"; e a mamãe fez um gesto como de raiva ou de nojo, que não era nojo, era somente amargor, e tocou-me assim no ombro, com um empurrãozinho firme, e disse "vai, vai, vai-te, Moishe, vai".

E tudo isso, papai, é para dizer que vou sair daqui, desse buraco, em algum momento, algum dia, em algum dos domingos que estão no calendário, para que tu me contes tudo o que tinhas que me contar; pois eu tenho uma lista deste tamanho de perguntas, o que tu lias, sobre a tua outra namorada, se tu atiraste em alguém na guerra e como era o teu pai, teu tátale, que até hoje não sei se era alfaiate ou carpinteiro, ou se ele também, como o tátale da mamãe, arrendava quintas para colher cerejas, e se tu e ele eram religiosos, ou sei lá o que mais, porque tu, Velho, nunca me explicaste por que o candelabro tem sete braços de um lado e nove do outro, e eu sei que León teria me explicado tudo isso, pois era ele quem sabia, era ele quem falava, era ele quem me levava à praia Ramirez, era León quem falava comigo.

Uma vez, Velho, num dos arquivos do porto, imaginei a mamãe e o León de um jeito que nunca havia pensado neles. Tínhamos que encontrar, para os trâmites da Carta de Cidadania (essa carta chegou), a data de ingresso no país, e lá fui eu até a Imigração, com a data e o nome *Giulio Cesare*, navio que partira de Gênova, cidade aonde mamãe e León haviam chegado (em quê?) atravessando a Europa, desde o povoado até Lublin, desde Lublin, cruzando a Polônia, a Alemanha e a França (o que será que eles viram pela janelinha?), até o porto italiano de onde vieram, na terceira classe, entre as bagagens e o baú, dar aqui em Montevidéu; e nos registros da Imigração mamãe era Rajzla e tinha vinte e sete anos, e León era Leibu e tinha cinco; e quando dei com eles naquele enorme livro de capa escura, repleto de nomes e datas manuscritas com tinta negra — talvez chinesa, que naquele tempo tinha fama de indelével —, imaginei a mamãe com longos cabelos escuros, cantando com León, cantando canções que eu nunca conheci nem ouvi, e o grito jovem e fresco da mamãe para que León não chegasse à balaustrada do navio, ou enquanto comiam, ou enquanto León dormia, mamãe falava com ele, imaginando o encontro com o papai, que estaria no porto, e que eram e que seriam uma família naquele país onde se bebia uma infusão da qual já lhe haviam falado, porque um polonês do povoado, que era marinheiro, já estivera no "Uraguai", e havia mostrado a ela o que seria um porongo e uma bomba, recordações do Uruguai. E chegaram ao porto e desembarcaram, e a mamãe chorou, acho eu, e León no começo não te reconheceu, e a mamãe então disse em iídiche "não vês que é o teu pai?", e então ele se jogou no teu pescoço, e tu o abraçaste e murmuraste "Leibu Leibele Leibu Leibu", e ele de algum modo identificou a voz que o deixara havia um ano e tanto, e enroscou as pernas na tua cintura, Velho, e tu já os esperavas com casa em Florida, numa rua que hoje é a principal e que então levava o colonial nome de Caminho Real, e partiste com eles (em quê?) suponho que de trem, pois de trem cruzaram a Europa, e mamãe e León levaram para a viagem pepinos em conserva e *eiring* e biscoitos de mel e pão e *leibeburst* e um pouco de frango.* Então vocês tomaram o trem para Florida, onde tu tinhas trabalho, onde tu tinhas trabalho havia já um ano, eras alfaiate oficial, russinho de olhos claros, a quem os companheiros

* "Eiring", deve ser escrito "Hering". É um peixinho salgado dos mares do Norte, de sabor muito agradável, que conhecemos como arenque. "Leibeburst", iguaria feita de fígado de galinha frito com cebola picada. É muito apreciado, e servido como delicatéssen. (*N. da T.*)

de oficina, todos alfaiates também, *criollos*, quiseram embebedar no primeiro sábado ao meio-dia, dia no qual terminava a semana de serviço e tomava-se uma antes do "tchau, até segunda". Teus colegas combinaram entre eles "vamos deixar esse russinho mamado", te serviram bebida outra e outra vez; e nada aconteceu contigo, e eles te respeitaram, tu tinhas que juntar dinheiro para trazer a mulher e o filho, e eles tomaram várias doses e cantaram, e tu ali, tu brincavas também, mas costurando sempre, e não erravas o fio no buraco da agulha; é que eles, Velho, não sabiam dos teus dias de soldado e da sauna e das vasilhas de vodca nas quais vocês empapavam o pão negro. Os teus colegas ficaram mamados, Velho, e tu ali, direitinho, e então vestiste o teu casaco e disseste "até logo".

Eu estive no povoado, papai. Eu estive em Belzitse, estive no *stetale*,* muito depois, infinitamente muito depois do dia em que a mamãe e o León subiram num carro rumo a Lublin para tomar o trem para Gênova, muito, infinitamente muito depois que a família toda os acompanhara à praça da qual partiu a carruagem que imagino de quatro cavalos, como uma diligência do faroeste, com a bagagem no teto, presa por uma corda, e seguramente, Velho, os primos, os irmãos, todos cantaram para eles o equivalente ao "ai, ai, ai, ai, está chegando a hora", e ninguém imaginava, ninguém sonhava nem em pesadelos, com a ideia de que aqueles dois seriam os últimos que partiriam da praça do povoado para viver, para ir viver; mas somente a mamãe viveu, se é que ela viveu depois da morte de Leibu. Porém, isso foi depois, muito, infinita-

* "Cidadezinha" em iídiche. (*N. da T.*)

mente muito depois; e alguém ajudou a mamãe a subir na carruagem, talvez a irmã (qual delas seria?), e todos beijavam León e lhe presenteavam com guloseimas, e a ti, papai, o que te mandaram de presente? Fotos, talvez, ou um barbeador, ou essa maquininha em que se ajustavam as lâminas usadas, essa máquina com a qual trabalhavas na tua oficina, cortando o fio cordonê que usavas para fazer as casas a mão, ou a outra maquininha que se fechava como uma navalha e tinha um buraquinho que nunca entendi para quê, e depois, muito infinitamente depois, soube que ali, naquele buraquinho, colocava-se a ponta do toscano que nunca fumaste, Velho, e ao fechar a velha lâmina ela cortava a ponta do *habanillo*; e a mamãe trouxe coisas, muitas coisas, mas a Singer não, a máquina de costura não, essa ela precisou vender para completar o dinheiro da passagem; mas trouxe a tábua de passar de bronze que eu tenho na minha estante, que era profissional, grande e pesada, e que atrás tinha e tem — eu a tenho aqui comigo — uma portinha semicircular, como a de um forno, e dentro dela um ferro que se esquentava num braseiro, e tinha um buraco para abrir a portinha com uma pinça que se colocava de novo lá dentro, e assim aquecia-se o ferro de cabo de madeira, e não havia maneira de sujar o que já fora passado, porque esse ferro era de bronze, quase de ouro, e as lapelas ficavam impecáveis. Essa portinha semicircular era igualzinha, do mesmo modelo, modelo de época que vi quando fui ao *stetale* em busca de alguma pegada, e tive que me mandar para Auschwitz porque para lá todos eles haviam seguido, também de trem, e busquei em vitrines enormes onde se empilhavam valises com os nomes daqueles que foram, e ali não encontrei o nosso nome, e fui até a vitrine onde havia uma montanha de pincéis de barba, e talvez algum daqueles pincéis tenha ensaboado o rosto do avô ou do tio, e fui à outra vitrine, e ali as montanhas eram de cabelos para fabricar feltro para as botas alemãs, e talvez ali estivesse a prima pequena, muito pequena, a avó e sei lá mais quem, e havia montes de sapatinhos de bebê, e basta, papai, não encontrei nada e desci até o forno crematório, do qual não me lembro bem (creio que eram três fornos), e o que eu queria te dizer, nada mais do que isso, mas deixei escapar tudo o que eu não queria dizer, o que eu queria te dizer é que o sistema da porta do forno crematório era o mesmo daquela tábua que a mamãe trouxe da Polônia, igualzinha, mas muito maior, mais pesada, inteira de ferro.

E assim o papai teve que se sentar e descansar os cotovelos na mesa, e a mamãe, apoiando suas mãos sobre os ombros do papai, olhando em silêncio agora, depois de muito iídiche interrogativo, especulativo, expectante, olhando, nada mais do que olhando essa carta com seu envelope de bordas coloridas em formato de pequeninos retângulos vermelhos e azuis alternados, deixando um azul mais claro entre ambos, como a barra de um vestido de camponesa, bordado, festonado, alegre e feito para dançar. E eu, papai, que não me vejo bem nessa cena, mas imagino que estava perto, mas longe, como excluído, mas integrado, como se nós três fôssemos um, mas eu como um que fazia parte do todo de vocês dois e dos outros muitos que poderiam estar ou não estar naquela carta que podia ser de Pandora, eu era um daqueles que formavam o todo; mas ainda assim eu era estranho, não era León, nem era como León, nem como tu, papai, nem como a mamãe, nem como todos os outros de lá, os que eram e os que já não eram, os que já não, papai, que droga de coisa era eu que até hoje te escrevo isso uma vez mais pela primeira vez, porque ainda me pergunto, te pergunto isso, agora que já não estás para receber uma carta, esta carta que hoje escrevo para ti, somente para ti, caralho, para que me respondas, me expliques, ou me digas somente que "está tudo bem"; e essa gata de merda que segue no seu estilo esfinge no corrimão de mármore da varanda, e não sente nada e não se interessa por nada nem dá bola para nada, e eu que não sei se dou ou não dou bola porque sou uma parte e, como a gata de merda, eu, Moishe de merda, não sinto coisa nenhuma, somente inquietude por vê-los como nunca os vi, com uma coisa na mão muito mais intensa, muito mais importante do que eu, papai, que estou de fora, e me dá, não sei, uma coisa que não entendo mas que me dá, e como faço para explicá-la?, para lhes explicar que quero ser parte de uma vez por todas, que quero ser parte desse todo, que por que caralho não tenho, ou não me deram, não entendi ainda que tenho o direito de ser o que sou.

Caralho.

E essas são as cartas, meu Velho, que quis te escrever desde que estava onde não se podia escrever, e que te escrevo hoje, meu Velho, porque aqui já posso; escrevo junto a uma janela que durante tantas eternidades eu não tive, com vista para um pátio pequeno, interno, onde se mesclam os ramos de glicínias e explodem os jasmins do céu e os jasmins brancos soltam seu perfume, e penso na mamãe, no seu pátio dos mil vasos, e olho essa bicicleta laranja pequenina que está aí, e que é da neta que eu roguei que se chamasse tal como a minha mãe, Rosa, mas que ganhou outro nome, "dá no mesmo", diria a mamãe, mas, de qualquer modo, Inés é a Rosa. E tu não vais acreditar: mesmo quando não te escrevo, ainda assim sigo te escrevendo. Não te penso falando, Velho. Te penso escrevendo. Escrevendo agora, que tu estás em todas as partes, na tábua de ferro que está na estante, no dedal-escudo de alfaiatezinho valente com o qual nos defendeste dos gigantes da fome e da adversidade, e que guardo comigo, enfiado num pedaço de coral branco, e a bengala, aquela que tu usavas na "cidade das bengalas", o Lar de Anciãos Israelitas, onde tu e a mamãe foram parar ao serem despejados. Como puderam? Como puderam te separar dos vizinhos que vinham sempre te ver e "já vai sair outra vez, Isaac?", e do jornaleiro que deixava para mim revistas que nunca me chegaram, e dos que vinham com uma torta e "prove isso, dona Rosa", ou quando se juntavam tantos lá na casa, quando vocês voltavam de alguma das poucas visitas que me faziam, que chegavam a necessitar de escoras, pois todos os vizinhos iam dar por lá. Como puderam, como pôde aquele que te disse "fora" falar isso sabendo que vocês não tinham para onde ir e que eu não estava, não existia, estava morrendo... Como se chamava o homem que fez isso, González, papai, e ele disse que era para construir e não construiu coisa nenhuma; a casa ainda está ali, mas com outros inquilinos, rua Garibaldi, 2.877; e vocês tiveram que partir com a cama, nada mais, e por lá ficou a Singer, uma vez mais perdeu-se uma Singer com a qual te remediavas fazendo algum conserto — encurtar mangas, alargar calças —, e por ali ficaram a gaiola com seu último piso de *Unzer Fraint,* o gato e as plantas da mamãe. Creio, papai, que te escrevo para escrever-me. Escrevo-me como se falasse comigo, porque tu não estás nem nos objetos, nem em La Paz, para onde fomos juntos e eu voltei sozinho — e nunca mais retornei a La Paz porque isso de visitar-te onde tu não estás é coisa de bobos, e seria tolice dizer que tu estás em mim; não, Velho, o que acontece hoje, o que sinto agora, é que eu, hoje, simplesmente *sou* tu. Quero ser tu, por momentos sou tu, não sempre; e por isso são tantas as perguntas que te faço, para saber, para entender o que nós fomos, para poder compartilhar, sentir, possuir as alegrias das festas em Belzitse, para estar nas comemorações de quanto tu casaste com a mamãe, e o nascimento, e o vinho da circuncisão. Eu fui buscar esses passos, Velho. Eu fui pelos teus passos, pelos meus, pelas nossas pegadas. E voltei com as mãos vazias e o coração pesado. Vou te contar disso então.

Cheguei a Varsóvia, papai, e era uma cidade nova, de ruas largas e crianças agasalhadas. Então me levaram a um hotel e me perguntaram o que eu desejava ver, disseram que já tinham ingressos para um *Hamlet* com cenografia de Svóboda, e me perguntaram "como?" quando respondi que queria ver o guia, "o guia?", sim, o guia de telefones. Então Sofía Sleyen sorriu porque ela entendeu, e foi e voltou com o guia telefônico e "eu te ajudo", pois Sofía havia fugido do gueto e voltou a Varsóvia, já sem gueto, sem aquele gueto, "existem outros", ela murmurou; Sofía falava um bom espanhol, seu marido combatera com as brigadas na Espanha, e ela hoje, viúva, escrevia versos.

Com seu indicador cheio de pequeninas rugas do tempo e os óculos sobre a ponta do nariz, ela foi trilhando minuciosamente o "R", com todas as variantes gramaticais, porque aqui eu tenho "s" onde lá se escreve com a letra "z", e o pequeno dedo de Sofia foi de cima a baixo, e logo fez o caminho inverso, meticulosamente; então ela fez um gesto assim, e com um leve sorrisinho que guardava algo da sua tristeza habitual e algo de "eu sabia, mas precisamos fazer isso", Sofia disse "não... não tem nada... aqui não tem", e fechou o *diretório*, como ela chamava o guia telefônico, que ficou ali sobre a mesinha de mármore branco, frio, frios os dois, a mesa e o livro, como uma lápide.

Eu buscava pelas ruas de Varsóvia algum rastro do teu tempo, papai, mas a crueldade bíblica se cumprira perfeitamente e ali não deixaram pedra sobre pedra; apenas o serpentear do Vístula, que dormia sob as minhas pupilas, dava à nova cidade certo ar de "estive aqui uma vez", apesar de que tu não vais acreditar, desde que aterrissei e os meus pulmões inundaram-se dos ares que em outros tempos te oxigenaram, senti alguma coisa diferente — vontade, talvez, de encontrar por ali alguma raizinha de procedência, alguma coisa de antes, do meu antes, do teu antes, nem que fosse apenas a igreja que tenho diante dos meus olhos, bombardeada, enegrecida pelas chamas e conservada tal e qual, para a memória do que Varsóvia foi num dia distante, não tão distante, quase ontem; e eu fiquei tão desolado quanto essa ruína tão bem-cuidada, como cuido eu das ruínas do que tivemos, do que fomos, mas mesmo assim não pude encontrar nada, nem nas largas ruas, nem nas crianças polonesas de bochechas vermelhas de riso e de frio, nem no guia telefônico. Não existe mais aquilo que busco, não existe, porque entramos na zona do gueto, no bairro do gueto, e não há nada além de uma vasta extensão de quadras perfeitamente destruídas, planas, rodeadas por construções habitacionais das zonas que não foram do gueto, e que logo avançarão até lá, até onde existiu Mila 18, que hoje nem o nome está mais ali, Mila 18, papai, onde os últimos homens de Mordecai sucumbiram numa resistência que nos enche de dignidade; e tu não vais acreditar, Velho, mas penso muito em Mordecai enquanto estou no um dois três meia-volta um dois três, nesse refúgio subterrâneo que não refugia merda nenhuma, e eu suporto, seguro o tranco, porque dentro de mim tu estás numa trincheira e os tios estão na brigada e Anilevich, aqui, com os últimos resistentes, sozinhos, acalentando sua última esperança, porque de fora não chegam nem as armas, pois quando lhes enviaram meia dúzia de armas cobraram por elas; e mesmo assim eles fabricaram molotov e tomaram nazis de assalto e tiveram essas armas que eu vejo ali, nesse monumento que está no meio da planície desse gueto desolado, onde três ou quatro moleques correm sob o frio atrás de uma bola de futebol; nesse monumento, que é a única coisa que vai permanecendo daquilo que antes foi o gueto — talvez não, talvez não a única —, está uma moça, e Anilevich, o grupo de Anilevich com alguns fuzis, e um 38, algumas facas, e um homem ferido, e ataduras e a garrafa incendiária para enfrentar o genocídio dos tanques, para resistir, para resistir durante o primeiro levante que se produziu na Europa, papai, e eles fizeram isso, nós fizemos, Velho, e isso nos faz aguentar, com a dignidade que se pode ver nesses rostos de bronze que morrerão... que nunca morrerão. Então "me veio", como a mamãe dizia quando se lembrava de alguma coisa; me veio, papai, a lembrança de quando íamos ao cemitério de La Paz visitar León, e tu miravas a lápide onde havia algumas pedrinhas, colocadas de duas a duas, e murmuravas, em iídiche, falando com a mamãe, imaginando os nomes daqueles que podiam ter passado por ali e que haviam se detido para lembrar e deixar uma mensagem de rocha viva, de pedra, um pedacinho de rocha, duas a duas, para dizer que León estava bem na memória de vocês, porque vocês dois eram os únicos que teriam podido recordá-lo; então eu recolhi duas pedras, papai, duas pequenas pedrinhas, e por ti, por mim, pela mamãe, por todos, Velho, em algum dos degraus que conduzem ao monumento do gueto, eu as depositei como num ritual, pensando cada passo, pensando cada pedra, cada resistência que já existiu e que ainda existe, papai, para sempre.

Era uma padaria muito pequena, papai, limpa, isso era sim, mas não muito caprichada. Tinha uma vitrine pouco mais larga do que uma porta, essa porta por onde uma golfada de perfume delatou-me a cozinha familiar; então parei diante da vitrine, e ali estavam, redondos como bolos fritos, esses pães que tinham, no centro, alguns cebola, outros semente de papoula. E o meu coração se alegrou, papai, porque nessa loja ou em outra igual, tu ou a mamãe, León talvez, teriam entrado para comprar o que eu comprei, e fui comendo um por um nessas ruas de Lublin pelas quais me deixei ir, em busca de algum outro cheiro ou sei lá o quê, alguma revelação como a dos pães. E assim cheguei ao mercado, onde as camponesas sorridentes entregavam, me entregavam, depois de mostrar um barril, um pepino em conserva como aqueles que tu compravas no mercado do porto em Montevidéu, mas esses pepinos eram daqui, guardados em barril, e numa barraca que fui atendido pela própria dona, a camponesa de lenço colorido e mangas compridas que arregaçou para pescar o pepino crocante para mim, pepino que fui comendo com o pão igual ao da nossa casa, e era como se eu e tu e León e a mamãe vivêssemos por aqui mesmo, e por aqui mesmo seguramente está/estava a alfaiataria do tio, onde um dia tu chegaste esfarrapado, irreconhecível, porque tinhas morrido na guerra, e Leibu não te reconheceu e te deu uma esmola, e tu "Leibu, Leibu, sou eu", e então todos choraram — a mim, papai, sempre agradou a tua foto de soldado, e te imaginava de fuzil na trincheira, ou fugindo do cossaco que vinha a galope atrás de ti com o sabre na mão; essa era outra guerra, papai, os judeus tinham fuzil.

E aqui, Velho, como os salmões que saltam a cascata contra a corrente, que sobem cataratas na força e na porrada, macho e fêmea, porque desovar não vão todos, mas seguem corrente acima, e lá ficam, os ursos os comem, as raposas, o ar, asfixiamse, apodrecem ao sol para melhor degustação dos animais carniceiros; mas lá vão eles de qualquer modo, ano após ano, sempre, para feder no lugar de onde vieram; que misteriosa corrente nos leva, homens e salmões (dizem que também as enguias), a rastrear nosso ponto de partida, quando o peixe pode escolher outro lugar para gerar — e o homem, que já sabe de onde vem, para que ir até lá? Mas lá se vão, salmões e homens.

O povoado, Velho, é bem pequeno. O que posso te contar?, a ti que veio desse lugar... Belzitse é uma praça no centro, com um monólito que faz lembrar quatro guerrilheiros da resistência, alguns bancos e um bezerro que pasta solto por ali, mansinho. Ao redor, alguns comércios acanhados com velhos toldinhos, tudo muito simples, como se todos fossem mercearias; mas veja que não, algum deles deveria ser uma padaria como a de Lublin, e talvez haja um sapateiro, não tenho certeza. Estavam todos fechados. Chegamos depois do horário de funcionamento ou então era domingo.

O fato, Velho, é que quando descemos do carro oficial com Tomash, o tradutor, e o chofer tirando o boné e secando a testa, o povo dali, Velho, todos eles, simples, humildes, curiosos, aproximou-se de nós. Quase como um comício ou um ato religioso ou uma distribuição de torrões de açúcar para o chá.

Então Tomash lhes falou sobre mim. Disse-lhes que meus pais (tu, papai, e a Velha) tinham vindo daquele povoado, que ali nasceram; e eu, papai, me senti uma espécie de acontecimento, o filho pródigo, Ulisses chegando a Ítaca, aluno que vão premiar ao fim do curso.

Mas não aconteceu nada. Quando eu esperava que alguém dissesse "sim, conheci os seus pais", ou só o pai, ou um irmão dele, ou... puta merda, ninguém conhecia ninguém, nada. Nada.

Então vou baixando as minhas expectativas, mas alguma coisa quero levar dali, e vou e digo ao Tomash: "Não é possível, aqui viveu toda a minha família, vamos até a sinagoga, este era um povoado de camponeses judeus, aqui tinha sinagoga e lá deve haver algum registro, ou vamos ao cemitério, vamos ao cemitério para ler o meu sobrenome numa lápide."

Então um belzitsiano disse alguma coisa, e todos os outros riram e Tomash não traduziu. Exigi que ele traduzisse, e ele: "O homem perguntou para que querem sinagoga neste povoado se já não existe nenhum judeu aqui."

Olhei para eles. Silêncio.

E foi então que um deles se lembrou de alguma coisa, que havia um homem manco, fazia muito tempo, que cuidava do cemitério, mas esse homem já se foi, faz muito que já se foi, para Varsóvia, diz o outro, e diz que agora o tal homem tem até nome polonês.

A placa forjada a ferro, papai, é menor do que eu imaginava, e o portão de grades, igual ao portão de qualquer casa de fazenda. Pessoas entram, pessoas saem, os carros devem ficar lá fora; mas não há muitos, tu não vais acreditar, mas são muito poucos os carros. Poderia haver em um lugar desses vendedores de bebida, salsichas, suvenires, pepinos. Mas não. Tudo muito quieto, tudo.

Na entrada, à esquerda, há um palco. Para a orquestra.

Sigo para uma das barracas, existem muitas, todas parecidas, são grandes mas apequenadas pelos enormes estrados que, salvo um corredor que leva ao banheiro, pouco além da lareira, recobrem tudo, enormes estrados de dois, três andares. São os beliches. A lareira é como para esquentar as mãos se tu as colocas sobre o fogo, ou como para a mamãe colocar a chaleira, para manter a temperatura. Agora está apagada.

Eu sinto algo: "Estiveram aqui, estão aqui." O corredor tem uma galeria de fotografias de rostos famélicos, enquadradas e penduradas em linha. Debaixo levam os nomes, que eu reviso um por um. Em alguns deles há, ao pé do marco, um pequeno ramo de flores: alguém reconheceu um irmão, um pai; e eu busco pelo sobrenome, ou por um jeito, um ar apenas, porque posso comparar foto com foto, aquelas que a mamãe guardava na caixa de sapatos, "e essa é Anna e esse é Samuel e essa aqui é Sarita, que era a menorzinha". Uma ou outra, na longa fileira de fotos, está virada ao contrário. São duas, três. Não mais do que isso. Os sobreviventes. Alguém que morreu, mas está vivo, como tu, papai, quando morreste na guerra e voltaste andrajoso, mas voltaste, à oficina de alfaiataria do Leibu. E vou me deixando levar, Velho, pelo clima do barracão. Lentamente, absorvo os sons que ouço, rangidos, respirações, algum risinho, nomes murmurados, "mame... mame", em agonia.

Saio dali. O ar é fresco e dá gosto respirá-lo. No horizonte, por todos os lados, vejo ladeiras verdes, trigais que crescem, um ou outro povoado limpo, nítido, provavelmente estavam desse mesmo modo durante aqueles dias de cremações, talvez incomodados quando a fumaça soprava dali, no rumo das casas.

Entro em outra dependência, o departamento de pessoal. É curioso que um estabelecimento assim tenha, como uma empresa de eletrodomésticos, ou de administração de propriedades, um "departamento de pessoal". Mas não se iluda: bastava descer uma escadinha e ali estavam as celas de castigo.

Não deixa de ser uma sutileza, Velho: um lugar de três por três (com um minúsculo orifício de ventilação) onde se colocavam vinte, trinta castigados, até que em alguns dias eles consumissem os restos de ar, famélicos, cagando todos ali, sem água, até o alívio final. Talvez algum dos nossos, o tio, qual?, não sei, tenha estado nesse buraco. Ou na outra cela, um ataúde vertical, de sessenta por sessenta, sem possibilidade de uma flexão, nem sonhes em sentar, e ali, até a agonia da última súplica, água, ou talvez deitar-se por um momento, a última vontade, um gole de água.

Eles, diferente daqui, Velho, resolveram o tema do plantão sem guarda. E aqui, tão lidos, nem se inteiraram disso.

Depois havia as duchas, como as de um ginásio de futebol, alguns bancos de madeira, cabideiros onde se pendurava a roupa; e as duchas, que eram iguais às duchas comuns; e havia uma maquete que mostrava os corpos amontoados contra a porta de entrada, empilhados, morrendo asfixiados ali antes que o gás da Bayer fizesse o seu efeito, o gás que saía dos buraquinhos com perfeição técnica, característica de laboratório.

Os fornos. Havia um guia, Velho, que explicava o funcionamento dos fornos. Era um guia desses de museu, papai, que tinha estudado a matéria antes do exame, que ganhara o cargo por concurso, o que está muito bem. Então, olhando o grupo que rodeava uma espécie de maca de ferro apoiada nos trilhos, o guia fazia uma demonstração de como, uma vez colocado o objeto, bastava um leve impulso para que a maca de bom metal se introduzisse no forno, como posso te descrever isso?, um forno como o de qualquer pizzaria, papai, e então havia outro homem que, como o maqueiro, era também um condenado do campo, era esse homem quem fechava o portãozinho, que tinha a forma de um semicírculo como aquele que levava à minha escola ou, melhor ainda, eu já te disse isso, como o fecho da tábua de passar de bronze que trouxeram da Polônia e que guardo aqui na minha estante. Então não quis ver mais nada e escapei dali.

Saí para a praça, onde os prisioneiros ficavam em forma, às vezes por horas, cada manhã, abaixo de zero, antes de ir para o trabalho, "o trabalho liberta", dizia a forja no portão. Cruzavam a porta dupla eletrificada, vigiados por jovens dinâmicos, homens com filhos e mãe que os pariu, que do alto das torres controlavam a última carne escondida sob os trapos que cobriam aqueles esqueletos visíveis a olho nu. Nessa praça, Velho, como se de alguma maneira quisessem conservar a filosofia fajuta de que o crime não compensa e de que quem mal anda mal se acaba, havia um cadafalso pequenino, uma coisinha de nada, pouco mais do que um caixote de verdura ao pé de um tronco em "L" invertido, e a corda, seguramente não a original, com a qual enforcaram o comandante do campo — tão pouco, Velho, por tanta coisa.

Não falta muito, estou terminando, estamos chegando às vitrines; em uma amontoam-se as próteses ortopédicas, as pernas de madeira (houve quem precisou entrar na ducha aos saltos); noutras estão os pincéis, pincéis de barba, milhares deles, de cerdas, cada um cabe como um pássaro na mão, reciclavam esses pincéis, eu acho, enviavam-nos para Berlim para a revenda, sei lá; sapatinhos de criança numa outra vitrine, sapatinhos de época, com um botãozinho no lado onde fechava a tira (tinham chegado ali na primavera), e outros não, esses eram como botinhas quentes, e sandálias pequeninas para usar com o pijama em casa, milhares delas, milhares e milhares de sapatinhos, todos modelos de época, ali algum sobrinho talvez, papai, talvez tivesses podido reconhecer "esse era como o da Janele, a menorzinha do Leibu". Mais difícil teria sido para ti a vitrine seguinte, onde os castanhos, que prevaleciam, se entremeavam com os louros, que não eram muitos, uma ou outra grisalha, e depois milhões de cabelos brancos, mas o que dominava essa montanha de cabelos era mesmo a cor castanha. Ali sim... A mámele, a búbele, a irmã e a sua filhinha, orgulho da mamãe por causa do seu belo cabelo até a cintura.

Que mais? Eu não queria mais, como um líquido saturado pelo calor, como um líquido espesso, alguma geleia ou molho de tomate, que ferve em borbulhas e larga um vaporzinho que vai desaparecendo, e o melaço, o que vai sobrando desse líquido, já não muda de temperatura, está pronto.

Mas não. Não estava pronto ainda. Não quis ver mais, mas havia mais; já em retirada vi outra vitrine, e voltei e me detive diante dela, quase desafiante: "Aqui sim", me garanti, "nesta sala encontrarei o meu nome", e firmei bem os pés naquela terra desgraçada, bendita por tantos que pisaram nela, e entrei e me pus a olhar e ler me-ti-cu-lo-sa-men-te valise por valise, essas onde eles guardaram seus pincéis de barba, suas blusas e sandálias, um ou outro pão, alguma salsicha que levaram para comer no trem, essas valises nas quais tinham ordem de pintar o seu nome em branco e em letras grandes, de imprensa, maiúsculas, sobre o papelão duro imitando couro, com rebites metálicos nas pontas, e ali estavam Liberman e Gleijer e Rosenfeld e Hirsch e Rosenbaum e sei lá mais o quê, eram valises e valises empilhadas com o nome na frente, uma pirâmide de valises que haviam chegado ao destino, papai, que destino! E te juro, Velho, eu as olhei uma por uma, e nada, ali não estavam, ali não estávamos, nem nessa sala, meu velho, estávamos tu e eu.

E tu aí, papai, com a fita métrica no pescoço, como um capelão de tropa, com as pontas enfiadas nos bolsos, porque estás sentado, lendo, soletrando, intuindo, desejando, ansiando, inquieto, esperançoso, dolorido, muito dolorido, com uma expectativa que quer ser alegria, sustentando-se com os cotovelos apoiados na mesa da cozinha onde a mamãe esteve ralando batatas, mas que agora está livre de bacias e raladores, limpa, como tudo aquilo que passa pelas mãos da mamãe. E as tuas mãos firmes e delicadas segurando um envelope dirigido a ti que não atinas de abrir, e a mamãe de pé, atrás de ti, perguntando (porque não sabe ler) "para quem é?", porque a mamãe, pobre mamãe, quer que seja para ela, ela que não tem ninguém, pobre mamãe, nem a mim, que estou aqui, Velho, sem poder te escrever, apenas pensar, pensar-te, pensá-los, pensar tudo, nestes dois metros e meio por um, sarcófago horizontal, onde não entra ninguém, nem o sol, ar jamais, somente o guarda para deixar a meia ração de polenta em que enterraram as baganas que fumaram no último turno, os cigarros da noite, de todas as noites, destas quatro mil seiscentas e oitenta e quatro noites, sempre noites, que habito por baixo da superfície da terra, digamos que do planeta, papai, do planeta dos macacos, e penso e te penso e os penso e te escrevo estas linhas, Velho, que nunca, nunca recebeste, e quem sabe talvez recebas em algum lugar, pois nunca escrevi isso antes, mas agora sim te escrevo, pelas dúvidas, para ver, para ver o teu sorriso e dizer-te, neste momento, para que caralho vais abrir essa carta, essa carta que tu vigias com vontade e medo, para que caralho vais abri-la, se dentro dela está o trem e os barracões e a maca de ferro — para quê, Velho, e para que te digo isto se vais abri-la de toda forma, por que não, talvez haja alguém, quem?, e a mamãe que pergunta "para quem é?", e se essa carta que vais abrir de toda forma não fosse aquela, e fosse em troca esta que te escrevo agora, seria então para dizer-te o que eu nunca disse, que vos amo muito, Velho. Que te amo muito.

III.

Dias sem tempo

O que não lembro é a palavra. Era apenas uma palavra e não me lembro dela. Quando acordei, eu lembrava. Quando acordei, eu sabia a palavra que jamais tinha ouvido, dita em um idioma insólito, inexistente, alguma língua morta, antiga, sei lá... Caldeu, arameu, uma dessas línguas do deserto, que morreram com as bocas que lhe davam uso — como terá sido o derradeiro diálogo entre os últimos "moicanos" da Caldeia?, fugitivos talvez, em uma tenda ou junto à fonte, sobreviventes do caos, da peste, da guerra, da dissolução inexplicável, um rio que se seca, a varíola, uma baixa glacial de temperatura e tchau. Uma civilização à qual eu teria podido consultar sobre a palavra que ela deixou sem contato, sem referência, sem um telefone à mão, um 0800, olha no dicionário o que quer dizer a palavra. Seria simples, fácil para mim inventá-la, reinventá-la, alguma coisa que soasse estranha como o idioma dos marcianos de Ray Bradbury. Mas não. Estou contando o começo de uma história; isto é história, não é literatura, embora nada, nada me obrigue, nem me exija fidelidade aos fatos que geralmente, uma vez narrados, por si sós perdem a fidelidade.

Mas vamos lá: eu soube o que essa palavra me dizia. Não duvidei disso, não fiz considerações, não me perguntei "mas que merda é isso?". Não. De cara eu soube e pronunciei, pronunciei a frase inteira, e era bastante comprida, aquela palavra em caldeu era um abre-te sésamo nos meus neurônios destinados ao pensamento, esses que, na hora da distribuição geral do trabalho cerebral, alguém lhes ordenou "bem, pessoal, vocês vão para o pensamento, ok?".

Do que tenho certeza, papai, é que a palavra me foi dita por ti. Em um tom no qual se mesclavam a dúvida, o assombro e a ordem.

Então despertei e soube que não era um sonho; nunca cheguei a pronunciar a palavra. Mas sim o seu sentido, a sua tradução, a frase.

Era curta, me atreveria a dizer que tinha duas sílabas, em caldeu não existem proparoxítonas, mas eu não tinha onde anotá-la e, se tivesse, tampouco o teria feito.

E nisso eu estava quando chutam a porta, pulo, apareço na janelinha, me colocam o capuz. Hora de mijar.

A casa, na memória, não é tão grande. Nenhuma casa cabe na memória. Se reduzem. Mas não se reduzem na escala correta, a memória não transforma a casa numa maquete pequeníssima. Como eu poderia explicar isso? Bem, vamos lá. Aos domingos, por exemplo, íamos ao Estádio. Dez, vinte, cem domingos. Aqui está o time do Olímpica, ali o Amsterdam, o talude, a torre das homenagens. Igual a uma dessas fotos que a gente vê nos jornais: o goleiro caído no chão, a bola na rede e o centroavante gritando gol, um fragmento da arquibancada ao fundo; e tu, sem dúvida, identificarás o Estádio com capacidade para oitenta mil espectadores; ele está registrado, tal e qual, em algum par de neurônios dos quais tu nem desconfias. Mas o "registrado tal e qual" não é exatamente assim. Não se filma nem se fotografa, isso é outra coisa. Se eu te dissesse "desenhes o Estádio", tu o desenharias. Mas não cada degrau, nem os refletores nem o alto-falante, nem a linha do escanteio nem a marca do pênalti. Não. Tu desenharias quatro coisas, a torre talvez, ou algo parecido, o retângulo ovalado da Olímpica, sei lá eu. Mas não mais do que isso. E aí está o Estádio.

Com a casa, como com tudo, acontece do mesmo modo. E comigo também é assim. A casa, a casa dos meus velhos, não é tão enorme como era enorme quando a mamãe tinha de limpá-la. Eram quatro cômodos altos, muito altos, com piso de tábuas, tábuas largas que com tanta água e tanto tempo volta e meia era preciso limpar e reparar, serrote, martelo, pregos. Remendos. Embaixo havia um porão fora de uso que era ocupado apenas pelos ratos. Pequenos mineiros que subiam para o espanto da mamãe, e lá se ia o Velho com o *Zapi* a persegui-los, vassoura em riste. Para as teias de aranha tínhamos um espanador duplo, um espanador cinzento, que mais parecia uma ema na ponta de um pau, pau esse que se ajustava a outro para alcançar o teto altíssimo. E o pátio. O pátio era o espaço verde. As quarenta plantas da mamãe, que ela regava religiosamente a cada manhã, arrancando-lhes as folhas secas, saudando, comentando em voz alta o estado de cada uma delas, pois as conhecia galho a galho, o semblante de cada folha, a alegria de cada broto, cada flor. Seu orgulho era uma que ficava no centro de uma mesa, "espuma do mar", crespinha como a crista de uma onda, sobre um piso de ladrilhos brancos e pretos, tal qual um tabuleiro, esse sim era fácil de limpar, uma varrida, um pano, e reluzia. Esse pátio era para ti, mamãe, o único passeio... Tu, minha Velha, que saías somente para ir ao armazém ou, em algumas datas, ao cemitério; tu tinhas esse pátio, o teu passeio a domicílio.

E contigo, mamãe, acontece o mesmo que me acontece com a casa. Eu penso no pátio e é como se pensasse em ti, ou a ti eu visse. Tu eras o pátio. O pátio e a cozinha, com aquele Primus que a toda hora se entupia, e "Isaaac!", e lá se ia o papai mexer no fogão com a ponta de uma agulha, e tudo retornava então ao seu lugar, a válvula voltava a funcionar como devia e a caçarola como Deus manda, e o Velho retornava a sua oficina, e tu ali, mamãe, controlando a carne desfiada, não deixe que ela queime, mamãe.

O pátio e a cozinha eram o teu império, mãe.

Tu és, na minha memória, o perfume do molho e as folhagens, tu és a casa, mamãe, e como eles não se deram conta de que tu eras a casa, que expulsá-la dali era como expulsar a própria casa, como? E então veio o asilo.

Isso, mamãe, eu soube numa visita. Contaram-me isso numa visita, porque "eu tinha que saber", numa dessas visitas de quartel, no limite de tudo, barbudo, magro, sujo, ali me disseram: desalojamento, asilo, lar de anciãos.

E foi no retorno ao interminável território de dois por um do calabouço que começaram as minhas conversas com o papai.

Aqui os pensamentos batem e voltam. As palavras pensadas repicam. Porque pronunciar, o que se diz pronunciar, isso não te deixam. Nem o grito, nada. Nesse território reina o silêncio, infinito, tamanho que, quando se apagam as vozes exteriores, esse toque de silêncio — quando esse toque acontece —, quero dizer, quem está aqui, atento, pode perceber a atividade ruidosa das aranhas. As aranhas tecem, e dá para ouvir o chiar das suas minúsculas agulhas, e quando uma mosca cai na teia de uma delas tu não imaginas a bagunça, a mosca se desespera, e com essa bagunça o guarda decerto vai lhe botar um freio, mas a mosca não sabe que é hora do silêncio, e então a aranha aparece e faz trabalhar as suas longas patas, é preciso apurar a matança que o gado já cai por terra, e aplica na mosca o seu pentotal; como é que ainda não sintetizaram o pentotal aracnídeo como anestesia de uso humano?, não, preferiram o outro modo, essa espécie de gás que te transporta antes que consigas contar até três, e que o laboratório suíço, ou suíço-alemão, te inocula, esses aracnídeos da medicina. Quando tem a mosca sob suas patas, Juanita — assim se chama essa aranha — a chupa, absorve, aspira, minha pequena drácula do muro. Pois então... Isso, tudo isso, eu posso escutar. E tanto que me deixa louco. Me deixa louco a duração da transa, quando a aranha macho pastoreia Juanita, percorrendo as paredes do calabouço, sempre pelo mesmo caminho, a uma velocidade que, salvando as proporções, nem Jesse Owens tinha, até que ancora no canto onde está Juanita, e então se olham, ela é maior, é grande, e se olham e se olham até que se seduzem e se atracam, e a cama geme. No silêncio, são os ruídos que mandam. O batucar dos tatuzinhos (que a dois por três eu mastigo) sobre o piso de cimento é um redobrar rítmico, delicado, ideal para fundo de bolero. Mas o que mais faz barulho é o meu próprio corpo. Os brônquios fazem barulho. O coração faz barulho. O roçar das calças jeans é um chiado; e todas as noites, cada vez mais, durmo com os meus ruídos, vivo com eles, eles envelhecem comigo, e chiam, cada vez mais, queixam-se. E se tem mosquitos, nem te conto. Porque às hélices se une uma ameaça, e eu me concentro para perceber quando desligam porque então pousaram, helicópteros, coleópteros, sei lá; e o tapa, quando cai bem, ensanguenta, e as ondas da palmada repicam, como repica tudo, aqui é dois por um, oferta, eu vendo, dou de presente, troco. Aqui repica tudo, Velho, e eu te escrevo para dentro, intimo a que aguentes isso, tu que em matéria de aguentar podes me dar um curso; tu, Velho, para ti eu argumento aquilo que tu já sabes e nem precisas mais, e te reitero, e exijo, explicito, digo, para ti, Velho, para que entendas que estou em ti, que estás aqui, que digo isso para ti e para mim, para mim, que necessito ouvir tudo isso como necessito de ti. E tudo é tão violento, tudo tão intenso, que fui aonde estavas e tu estiveste aqui, e vinhas a todo momento; e eu sei que estou aqui e que te ouvi, e tu me viste e ninguém acredita nisso, ninguém entende, e eu conto isso e às vezes não conto, conto pouquíssimas vezes, apenas a algum ou outro e ainda não me animo a escrever isso, porque hão de pensar que é poesia, fantasia, imaginação. Que acreditem no que quiserem, eu e tu sabemos que aconteceu mesmo e tchau. Acabou-se.

Tem uma coisa que aqui não existe, papai. Crianças. Não existem crianças. Não se pode viver num mundo sem crianças. E o meu mundo não tem crianças. Assim que, quando me levam ao banheiro, trato de trazer alguma criança para mim. Aqui nesse banheiro a gente se limpa como lá em casa, não mais o *Unzer Fraint* velho e peludo, aqui eles têm *El País*, um *País* velho atirado num canto do banheiro, e vasculho o jornal com curiosidade, me limpo e, se dá, recorto um pedacinho onde tenha alguma criança. Tenho duas. Não se encontram muitas, vês. Mas tenho duas crianças aqui. Menininhos. Guardo-os no meu sapato. Andam comigo, um dois três meia-volta, e eu os levo para todo lado, e vemos cada jogo!, e andamos a cavalo... Mas para que caralho te conto isso? Para nada. Vamos ao nosso assunto, Velho. Tu e eu.

Te desterraram outra vez, Velho. Tudo bem. Tu sempre viveste em estado de desterro. No teu povoado polonês não foste mais do que um nativo em trânsito. Os pogroms a dois por três (estavam mais para três) te faziam lembrar, faziam lembrar a ti e aos teus pais e aos teus irmãos e aos teus sobrinhos, a todos, vocês não são nativos não são daqui estão de passagem tchau. E isso teus pais e irmãos sabiam, e por isso não abandonaram o idioma, papai, eram poloneses, falavam polonês, era esse o idioma quase nativo, mas não deixaram o iídiche; tu falavas, escrevias e lias em iídiche, e sabias o Talmude e Sholem Aleijhem, e isso tu trouxeste contigo quando te desterraste do povoado e deixaste a mamãe e o León, pequeno, muito pequeno, para ver se encontrava na América uma terra sem pogroms; tu não vieste fazê-la, estava feita esta terra, tu sabias que já estava feita e apenas queria ter certeza, constatar que podias viver sem poloneses nem tochas, com a sua vodca e os seus gritos, esses poloneses que disparavam contra as cabanas dos judeus e tocavam fogo nelas; e então tu foste a São Paulo e não gostou de lá porque chovia muito, e te trouxeram para cá, não para um país, para uma terra, isso não, te trouxeram para uma oficina, e desceste do barco e ainda com o chapéu na cabeça e com a mala na mão te ensinaram, ao entrar na oficina, como se dizia "*buenos días*", e disseram "senta aí", e tiraste do estojo a agulha e colocaste o dedal; e ponto por ponto, cem, mil, um milhão de pontos, com esses pontos foste construindo o caminho transoceânico pelo qual veio a tua família — mamãe e León —, e baixavas a cabeça decidido sobre as lapelas e os bolsos e dá-lhe cortar, com alegria e vontade porque os camaradas da oficina brincavam, riam, tomavam garapa e te ensinaram que a porta se chamava *puerta*, e o botão, *botón*. E tu cantarolavas baixinho, para dentro, as tuas antigas canções em iídiche, como eu mesmo murmuro, para dentro de mim, os tangos que me ajudam a enganar o estômago e que me levam para casa, a tua casa, a nossa casa, a casa da qual te varreram, velhinho, tão velhinho, com a mamãe.

Porque tem gente que pensa que seguir de um país para outro é apenas questão de fazer as malas. Que se junta dinheiro para a passagem, compra-se a passagem, e então te preparam uma despedida, e cantam, e te dão presentes e "não te esqueças de nós", e "escrevas para nós", e comem e bebem, e aí te vais, arrastando uma esteira de nostalgia, apertando a alça dessa mala com rebites de metal, feita com cartolina dura que imita o couro, mala de pobre, e seguras essa alça como se tivesses teu futuro nas mãos, para que não te escapes, e aí vai a ilusão de que dentro dessa mala está tudo e que não podes soltá-la; e tu vais, vens para cá, para chegar a uma casa de aluguel compartilhado com dois cômodos que são somente teus, oficina e dormitório, e pátio com plantas e passarinhos, isso, nada mais do que isso, tua América é isso. Essa casa, esse território que foste conquistando cômodo por cômodo, degrau por degrau, até o sótão, e em que finalmente fincaste tua bandeira, e eras o titular e tinhas garantias e, às vezes, quando a temporada não era boa, quando a roupa de confecção invadiu o mercado como hambúrgueres de quarta, e tu resistias porque fazias roupa "sob medida", tu alugavas algum dos cômodos, o sótão talvez; mas isso não te agradava, não agradava a vocês dois, a casa era para ti e para mamãe, para mim, papai, e para León, que não estava mais, que fazia muito que não estava, mas seguia ali; e no silêncio da casa soava um clarim mudo a partir das nove da noite, depois que tu jantavas uma xícara de leite bem quente na qual derretias uma colherada de manteiga e terminavas o pão de ontem "que é o melhor", dizias. E então todos íamos dormir. Mas uma casa é muito mais do que quatro cômodos, pátio e sótão. Uma casa é muito mais do que as recordações e as pequenas lembranças cotidianas, como aquela vez, numa manhã, quando fui calçar minhas alpargatas e algo me fez cócegas, e de dentro do sapato saiu a mais negra, a maior barata de todo o mundo. A casa era Gabriela, que vinha todos os dias medir a tua pressão e a da mamãe e ficava falando do filho; a casa era o Mono, que passava rápido diante das varandas porque a pilha de jornais pesava muito e no meio do grito tradicional do jornaleiro perguntava uma e outra vez, até o infinito, e simplesmente, "Maurício?"; a casa era a consulta de dona Armonía sobre os biscoitos de mel ou a saúde das plantas, e o grito do Gutiérrez, "aposte hoje, dona Rosa, para ver se a sorte vem", e ele sorria, e tu lhe dizias "vamos ver", e não falavam de loterias nem de cifras, porque tudo, plantas, biscoitinhos, tudo, até o "encurta um casaco para mim, dom Isaac?", absolutamente tudo era um "vamos ver, dona Rosa, vamos ver, dona Rosa". Aí está. A terra conquistada, prometida, de quatro cômodos e um sótão, estava povoada de vizinhos, de bairro, de perguntas e perguntinhas de como se faz essa massa ou se seria possível alongar uma calça, tudo tinha sempre um tema elíptico, um sujeito elíptico, Velho. Então o despejo foi um desterro, outro desterro ainda, Velho, que fazer!, o país vivia em estado de pogrom cotidiano e tudo isso aqui era um desterro; e então vocês foram parar na "cidade das bengalas", povoada de velhinhos que, como vocês, tinham sido desterrados da vida, como os velhos de Quiroga, e lá se juntaram, com jardim e sinagoga e apartamentos pequeninos onde nem a Singer nem a gaiola dos pássaros podiam entrar, nem as plantas, nada, e vocês eram bem-tratados e havia húngaros que falavam iídiche, e outros poloneses que falavam iídiche, e todos falavam iídiche, até o entregador do *Unzer Fraint,* que também estava lá, e para todos foi o retorno ao iídiche, que era o idioma oficial dessa cidade de desterrados, lá onde nem tu nem a mamãe queriam sair do quarto — "para quê?"—, e nem as horas do dia se dividiam entre Gabriela que vinha medir-lhes a pressão, nem o homem da loteria, nem Armonía, tchau. Esse era outro país, mesmo que todos fossem lá visitá-los de tempos em tempos; mas na casa eles não eram visita, eram da casa, eram a casa; e vocês não tinham onde se sentar, porque não havia pátio, e o quarto de vocês era pequeno, e lá se ia o Walter levar-lhes umas asinhas de frango, porque a comida da "cidade" não te descia bem, e então a mãe fazia um caldinho com o sabor daquela sopa de galinha do tempo em que estávamos todos, e todos juntos.

Todas as palavras possuem sortilégio; algumas, mistério. São aquelas que escondem uma chavezinha que aciona a nossa memória quando escapam ao cerco dos dentes. Digamos que o "abre-te sésamo" que fazia chiar sobre suas dobradiças a pedra da cova era uma reinvenção, quase uma recriação literária da palavra com a qual, quando os ingleses pediram a rendição de Cambronne, depois da palhaçada napoleônica de Waterloo, o homem respondeu ao discurso: um "*Merde*". Assim mesmo, sem ênfase. Não era necessário. E as sílabas, que são apenas duas, e o que elas guardam, uma vez acionada a sua fechadura, é a poesia da coragem. Eu tive, mamãe, a mesma sensação, mas menos gloriosa, o dia em que pronunciei a tradução da *minha palavra* para ouvidos que falavam espanhol. Fui no sétimo de cavalaria, em Santa Clara da Fronteira. Olhe que prático: abrem a porta, onde ficam dois homens armados como se fossem para a guerra, um terceiro traz um banquinho, um quarto me algema e senta-se, e a voz do oficial (voz oficial) me diz: "Vamos cortar o teu cabelo, se tu olhas para o lado, tchau." E aciona o gatilho da 45 contra a minha têmpora, e a arma fica engatilhada com a bala na câmara, e dessa eu não escapo, o tenente esse está brincando com a arma feito um caubói, a qualquer momento vai lhe escapar uma bala; e foi então que murmurei, como uma saudação final, cordial, como a minha última deixa, antes que tudo se acabasse: a palavra.

Tu tinhas uma, mamãe. Recordo a última vez que tu a disseste, que não foi a última, digo a última como força de expressão, e aqui está ela. Foi, além de tudo, a primeira palavra do reencontro, quando fui te ver, naquela noite na qual retornei àquela rua sombreada, ao Lar dos Anciãos. Fazia anos que não te via, mamãe, nem a ti nem ao Velho, vocês já não aguentavam aquelas visitas de quartel, as pernas, o coração, os anos, a vida, e tantas coisas mais... Mas estavam ali, deitados, remando ainda contra o tempo até verem o regresso do Filho, e tu já não enxergavas bem nem compreendias bem as coisas, por isso Fito entrou e disse, como para espantar a cerração do teu espírito, "aqui está ele, dona Rosa", e tu me reconheceste, me viste, e nos teus lábios se mobilizaram músculos já adormecidos pelos anos, e prolongando a palavra de reconhecimento tu sorriste. Essa palavra, mamãe, que desperta a história de uma vida, a razão de uma vida, maravilhosa razão, que foi parte da minha, que é minha, assim como tu a disseste, como sempre a disseste, como disseste tudo na tua vida, mamãe, entre sinais de interrogação.

Somente uma vez disseste tanto sem dizer nada. Foi quando, na volta do hospital, te instalaram na enfermaria, no primeiro piso do Lar, um cômodo iluminado, com uma janela enorme que dava para as gigantescas copas dos plátanos. Tinham te tirado da cama, e tu estavas na cadeira de rodas, tinham penteado teus cabelos, "olha que bonita está dona Rosa, claro, hoje o filho vem". E assim foi, e fui, e não lembro o que te disse, e não sei que coisas eu disse pensando, a cada vez que eu falava, se tu escutavas, se escutavas o que eu tinha te falado, e então eu fui embora e já na rua, da calçada em frente, procurei ver-te através do vidro, e a enfermeira me notou, e te colocaram de frente para a janela e te diziam o que podia ler nos gestos que via, "ali, ali, acene para aquele lado, dona Rosa, seu filho está ali", e tu olhavas sem ver, e eu sacudindo o braço com vontade de enxergar nas tuas pupilas algum reconhecimento, e tu levantaste a mão, a mão que amassou tantos biscoitos de mel, levantaste a tua mão, mamãe, e olhando não sei para onde cumpriste o pedido da enfermeira, e fiquei ali me perguntando o que tu saudavas, a quem tu saudavas, quem tu havias visto dentro das tuas pupilas. E pensei que vias a casa da Gonzalo Ramírez, 1.395, quando estávamos todos, todos os daqui e os de lá, todos, e talvez a voz de Faníntez, que subia pela rua Santiago do Chile com meio mundo ao ombro e a lata de sebo cheia de minúsculos peixes-rei, gritando para a vizinhança "sobrou peixe, vizinha", e essa era a anunciação diária de Faníntez, que deixava na beira da praia os peixes de cabeça arredondada e desdentados, que ninguém queria porque eram pescados na boca dos canos de esgoto, "e se os lavarmos bem?", e lá ias tu com León, rua abaixo, descendo a quadra e meia que te separava do mar, enquanto o papai fabricava casas com o fio cordonê, e o Fito e eu gastávamos um único triciclo que ele guiava e eu ia em pé atrás, porque tinha uns pedais fixos para que o carona fosse atrás, e nem eram pedais, eram estribos, mas eu dizia que eram pedais porque era um jeito de ter um triciclo e de guiá-lo também, parado ali, como o capitão de um navio. Talvez tu visses isso, esse que foi o instante mais pleno da tua vida, mamãe, simplesmente porque estávamos todos e, para todos nós, tu trazias o peixe mais gordo, ainda meio vivo, o peixe que tu descamavas, abrias, lavavas, e cuja carne tu picavas com pimenta e pão dormido e leite e ovo e sal e um pouco de açúcar, para que se transformasse nessas almondegazinhas de um celestial amarelo coroadas por porções de cenoura fatiada, mamãe, quanto eu não daria por voltar a comer o teu *guefilte fish*, festival da gastronomia materna, santo e senha do judeu em qualquer parte do mundo, como santo e senha do reconhecimento foi aquela noite em que eu regressei da prisão, que tu me viste, que me viste depois de milênios como se milênios não fossem, porque cheguei como se tivesse faltado dois dias, e tu estavas ali deitada, o papai ao teu lado, eu ao pé da cama depois do abraço que foi simples, um beijo leve, porque a palavra foi tudo, foi tudo como antes, como sempre havia sido, a raiz da tua razão, a palavra interrogativa que tu sempre nos dizias:

— Comeste?

Todos nós possuímos, meu Velho, aquilo que poderíamos denominar de um pensamento racional. Assim que, em matéria de histórias, nunca prestei muita atenção às situações, anedotas (para mim nunca passaram de anedotas), dessas histórias extrassensoriais sobre comunicações telepáticas, aquele tal de "eu estive aqui alguma vez", coisas desse tipo... Encontrei-me com o tema, aí sim, com muito prazer, na literatura. Jamais na história, que é ciência. Na história, nunca se soube que Napoleão tenha recebido uma voz anunciando-lhe: "não desças do cavalo, te mandes daqui", quando Waterloo ia por água abaixo, nem Trotski teve a intuição ou a anunciação de que Mercader vinha para matá-lo. Jamais. Alguma coisa há nas fantasias histórico-religiosas; mas também existe muita invenção, pombinhas brancas e musiquinhas do além que te anunciam o final da menstruação ou a gravidez, como o famoso cajado de Moisés — a fada do Pinóquio bem que gostaria de ter um cajado daqueles... E nem falo nas histórias de bairro, o tal de "me veio uma coisa, vizinha", e logo a criatura aposta e ganha na loteria. Não. Não à menina santa na qual incorporou o espírito de sei lá qual curandeiro alemão, e que agora receita curas no idioma das valquírias, apesar de não ter a menor ideia de onde se localiza o Reno, ou aquele outro que recebeu um cirurgião e agora opera com uma faquinha de cortar batatas, como se não fosse nada. Não. Mas, por outro lado, na literatura, sim. Desde a mocinha de Thomas Mann, que desmaia numa escada ao receber o impacto da morte da sua irmã, sem haver lido ainda a carta que lhe vem em viagem, na qual apenas se anunciava a doença; até o caso conhecido dos irmãos Corso, da novela de Dumas. Mas também em Yeats e Priestley e Chesterton, com aquele personagem contemporâneo que, ao ver passar de uma ponte um navio qualquer, ri e pronuncia palavras que não conhecia, mas que o seu acompanhante decifra, e que eram de um galês antigo e marinheiro. Os ancestrais do dito personagem, Velho, eram navegantes. Ele, apenas datilógrafo. Tu me perdoes, papai, mas aquela tua história da vizinha do povoado eu nunca levei a sério. Isso de a vizinha gritar às duas da manhã que tinham enterrado a mãe dela viva naquela mesma tarde, e a confusão que ela armou foi tal que todos seguiram até o cemitério, com lanterna e pás ao ombro, e viram que a mãe estava morta, mas não quando foi enterrada: tinha comido os próprios dedos e no caixão havia sangue. Tu contavas, Velho, dizias que estavas lá, que eras vizinho da mulher, que foste com eles. Mas sempre racionalizei, e disse ou te disse ou me disse, "sabe-se lá, isso é lenda de povoado, tipo história de lobisomem que se conta em torno à fogueira". Mas te digo... Quando aqui mesmo começaram a acontecer algumas coisas, como aquele sonho que tive no qual levava minha filha para conhecer La Paz e a lápide de León, e ela numa visita contou-me que tivera um sonho no qual passeava num parque comigo, mas que não era parque de verdade, e quando terminou de me contar esse seu sonho fez uma pausa, muito séria, e perguntou-me, bem diretamente, onde é que o León estava enterrado. Casualidade, eu pensei. Até que, claro, começaram a acontecer outras coisas, e eu me disse "sabe-se lá", e até citei *Hamlet*, "há mais mistérios entre o céu e a terra do que sonha a nossa vã filosofia"; mas nunca fui muito além disso. Nunca cheguei à racionalização científica do fato, se é que era um fato, porque aqui, papai, vivia sem sol nem estrelas nem livro, meia ração e um território no qual uma vez colocaram uma cama de campanha que não te permitem usar, e comecei a viver parado como num ônibus cheio que nunca chega ao seu destino, e assim que o meu território real é a imaginação, a fantasia, a loucura regulamentada na medida do possível. Então — entendes? — esses acontecimentos, se existiam, esses fatos ou, mais provavelmente, essas brincadeiras, estavam na fronteira entre o que era real e o que era fantasia.

Até que chegou A Palavra.

Vamos, Velho. Numa boa. Vamos em frente, Velho... Tu aguentaste a trincheira de uma guerra regulamentar, fugiste, caçaste e destripaste o rato que tinha comido a tua ração e a recuperaste; tu foste um desaparecido, mamãe chorou por ti, era tua noiva quase menina, todos choraram por ti; e um dia voltaste e foste até a alfaiataria de Lublin, e te deram uma esmola até que provaste a tua carnalidade e então eles choraram e tu tomaste um banho e te deram roupa limpa e tu mataste a tua fome e voltaste ao teu posto de trabalho, e dá-lhe costurar outra vez. Vamos, Velho, não me faça desistir disso, tu, que a cada vez que me via na cama de León pensavas em León; tu, que fizeste o mesmo que a mamãe e desde aquele dia nunca mais sorriste; tu, papai, eu nunca soube o que tu esperavas de mim, o que querias de mim — que eu simplesmente vivesse, que eu fosse, porque já não havia mais ninguém na tua vida, todo o teu bosque familiar havia sido cortado, incinerado, não restava nada, somente a memória dos últimos dias que chegou para ti em cartas de Pandora, cartas que não guardavam em nenhum lugar nem o mais ínfimo ovo da mariposa da esperança. Vamos, Velho... Não fiques aí. Não fiques apartado de mim, eu preciso de ti. Mesmo que não seja mais do que para chorar durante a visita, como aquela vez na qual, como em tantas outras, tu falaste baixinho, como se falasses apenas contigo mesmo, porque nunca me disseste nada, nem uma única advertência, nem uma queixa, e lembraste naquele dia que a tua mãe se abraçou às duas crianças, teus sobrinhos pequeninos, aos quais tinham vindo buscar para extrair-lhes sangue, todo o sangue, porque, claro, os soldados necessitavam de sangue, e ela não quis soltá-los nem as crianças quiseram desprender-se da avó, e os SS ucranianos perderam a paciência, é claro, e com as lanças de lâminas afiadas com as quais mantinham a ordem no lugar calaram a todos, porque gritavam "não... não" e choravam, e aquilo era insuportável, e então os SS fizeram o seu trabalho e as crianças nunca mais gritariam nada... Te necessito para isso, não vás, papai, agora que voltaste a perder território, vizinhos, canários, o plátano com o prego em frente à porta, onde punhas o teu cardeal a apanhar sol, não, Velho, vamos adiante. Adiante. Velho, eu sei que uma vez tu disseste, para ti mesmo, sempre para ti, nunca para mim, apenas essa frase que diz tudo e para que mais: "Nunca pensei que a minha velhice seria assim."

E agora me contam que me viste. Que tu foste com a mamãe ao refeitório comum do asilo, mas que vocês não queriam ir, não queriam sair desse apartamento limpo, limpinho, com quarto e banheiro, com uma mesinha e um canto com estufa, não queriam sair, querem sempre ficar ali, que a comida também se divide ali, pois Walter traz asinhas de frango para vocês, e então não querem deixar o apartamento; mas nesse exato dia saíram, e a Diretora, que era uma mulher muito boa, ofereceu-lhes o lugar que vocês quisessem no refeitório, mas sempre dividindo mesa com outros, e então vocês foram a uma mesa onde estava um dos habitantes da "cidade das bengalas", um homem que nunca falava, que vivia para dentro de si mesmo, de onde não queria sair, como vocês do quarto; e ali se sentaram, eram três a uma mesa, e foi quando se abriu a porta dupla transparente e eu entrei, e tu ficaste quieto e viste que eu estava procurando por vocês e que não os via, e tu ficaste pálido, e eu vestia aquele terno azul-marinho de três botões que usei por último, e a mamãe não via nada e o outro homem da mesa não via nada também, e era somente eu que entrava no refeitório e os buscava e te buscava e não te via e tu me vias; dizem que estavas pálido, parado como se estivesses à cabeceira de uma comprida mesa familiar cheia de gente, e falaste aquela frase que, por enquanto, vou manter guardada, pois guardo-a para todos os momentos, para sempre, e neste parágrafo não vou pronunciá-la, aquela que é a chave, a chave d'A Palavra, que deixou todos tão preocupados porque eram racionalistas como eu já fui um dia e, claro, gostavam de ti, cuidavam muito de ti, e então te levaram ao médico.

O que nunca consegui, Velho, foi viver em ti do lado de fora. Sempre foi difícil, porque eu imaginava o lá fora, o Além do Muro, como uma rua ensolarada. E a Casa, papai, um pátio axadrezado como o da minha escola — eram ambos de época, feitos pela mesma empresa, o mesmo capataz, tudo igual — onde, em cada quadrado, dançava, acomodada no seu lugar, uma planta. Aquelas que surgiam de um vaso desciam em giros, quase como piões. E as que brotavam das latas de azeite Óptimo, que a mamãe forrava porque já estavam ficando enferrujadas, estavam, como dizer, bem-plantadas, aguardando a sua vez para dançar. No meio desse matagal, ficava o conjunto de jardim de madeira barata, pintada em casa, envernizada, duas poltronas individuais que tinham apoios para os braços, e o sofá de dois lugares, onde certa vez sentou-se aquele casal que não falava espanhol, mas que queria aprender, vinha aprendendo, aprendendo qualquer coisa, porque tinham vindo de lá e haviam estado com a nossa família, ou alguém da nossa família que, antes de seguir para o forno, disse-lhes, "lembra o meu nome e Uruguai, vamos ver, repete"; e por isso eles estavam ali, e eu era menino, e a mamãe me chamou e pediu à senhora "mostre a ele, mostre a ele", e ela arregaçou a manga, e era azul, como um número de telefone que nunca se apaga. A mesa do jogo era redonda e estava coberta por uma toalhinha de crochê, no centro havia um desses vasos vegetais de não sei qual árvore ou planta trazida do Brasil, e ali, como um cachorrinho preferido, desabrochava a "puma do mar", porque a mamãe nunca pôde pronunciar "espuma", e ali estava essa planta, crespa, de folhas crespinhas feito crista de onda, os cordeirinhos verdes da mamãe. Então, papai, não sei se estou me explicando bem, se tu vives no Lá Fora e o lá fora é tudo isso, o que eu posso fazer é viver em ti o que tu vives quando eu não estou e tu não sabes onde ando; quando por três ou quatro meses me mandam de um lado para outro, e aqui ele não está nem lá, não sabemos, não está, não estou, "está morto", até que finalmente informam-te em qual prisão me enfiaram, e tu vais com a Velha até o cu do mundo para me ver por dez minutos, gastando na passagem todas as tuas economias, levando uma fruta que nunca me entregaram ou que me entregam apenas quando acaba de apodrecer, e algum exemplar do *Gráfico* que o Mono te deu de presente, com o qual eles ficam e que eu nunca jamais vi, como a erva-mate, do mate que aqui não permitem. E vocês chegam aqui, o ônibus chega ao povoado às 8 e 32, e vocês aguentam firme a espera até as onze, porque a partir daí correm os minutos do encontro quinzenal; mas aí te seguram, seguram vocês dois em pé até o meio-dia, uma hora, e então se escuta o alvoroço, "um velho desmaiou", e não penso em ti (nem desmaiado nem velho), meu Velho; e logo, meses, anos, não sei, mas em um tempo que se situa no depois, fico sabendo que sim, que tu desmaiaste, que foste recobrando a consciência e do bolsinho do casaco tiraste uma pastilhazinha, e "água, água" que tu não pediste, mas que te trouxeram, e tu colocaste a pastilha sob a língua e as primeiras palavras da tua ressurreição foram: "De vocês não quero nem a água."

Nos víamos na fronteira, papai. A visita era a fronteira entre o Lá Fora, este lá fora no qual não posso entrar-te, para sorrir em ti e em ti caminhar pelas calçadas sob o sol, e esse outro território, esse enorme, infinito deserto de dois metros quadrados, meu Aqui Dentro. E nos encontrávamos nessa linha divisória dos mundos, na qual tu chegavas à beira do meu universo para ver se eu ainda estava em órbita, e isso para ti era como contemplar o sistema solar inteiro, e eu via em ti o sorriso minúsculo que te nascia apenas por me ver, e então eu via somente isso, e não o resto de ti no Lá Fora. Entendes? É isso o que quero te dizer agora que te desterraram outra vez. Isso. Que o músculo do coração lance aos teus lábios, como sempre, para sempre, a sombra desse teu sorriso.

Força, meu Velho. Quando alguém conta dos seus naufrágios é porque não se afogou. Força. Nós navegamos muito, durante muitos anos, nos muitos — ao cabo dos anos — minutos de visita. A visita foi para ti e para mim o Mar do Reencontro. Ali montávamos a nossa própria balsa e dá-lhe remar nossas recordações. Teu Lá Fora e o meu Aqui Dentro se juntavam nesse mar que separava dois continentes. E aí sim, nessa fronteira, é que eu pude estar em ti. E assim estas linhas são, papai, os Contos da Fronteira.

E lá no asilo, papai, todos tão velhinhos... Tão órfãos, Velho, tão órfãos da vida exterior, todos ali; apesar de, às vezes, o tempo parar no jardim dos fundos e um casal voltar a pertencer ao mundo, um olhar através dos óculos, um sorriso coquete, e assim o morador do 2 e a do 14 começavam a namorar, namoravam, e falavam com a Diretora, que lhes perguntava sobre a seriedade das suas intenções, e então essa história de amor culminava em casamento, com festa, e ela de branco na sinagoga do Lar, e havia mudanças nos alojamentos porque os dois iam viver juntos. Era um acontecimento. Mas, geralmente, o tempo seguia ao largo e quando parava era para levar alguém com ele, como foi levando vocês, que conseguiram se esquivar "até ver o filho". Eu acredito, papai, que os velhos morrem quando querem, por isso tu e a mamãe, a tua velhota, como dizias, seguiram calmos e aguentaram até aquela noite, aquela noitinha, quando meu corpo real transpôs as muitas portas do asilo, todas vigiadas, muito vigiada a primeira delas, que fora de hora nunca se entrava lá; a "cidade das bengalas" dormia com um olho aberto, aconteciam tantas coisas em tantos lados, nossos velhinhos são sagrados, ninguém pode machucá-los, porque já foram muito machucados, e cuidavam tanto de todos; mas cuidavam ainda mais de ti e da mamãe, Velho, porque a Diretora recebia chamadas telefônicas, muitas chamadas sobre as quais nunca te falaram, "tirem daí esses dois velhos de merda, os pais desse filho da puta, tirem os dois daí ou vamos explodir esse asilo", e nunca te contaram nada, e houve reuniões, sessões e consultas, "e daqui não saem", e vocês não saíram de lá, não partiram da última Tule, bendita Raquel e todos os outros que ficaram mais vigilantes, "mas daqui eles não saem".

Como será, como é o tempo da memória de um cão? Eu me pergunto, quanto tempo um cão demora para esquecer? Esquece? E uma pessoa, suponhamos, uma pessoa sabe um idioma inteirinho, a gramática, a leitura, tudo. Por dez anos, deixa de escutar essa língua, não ouve, não lê nada nunca mais nesse idioma. Mas, então, de uma hora para outra lhe aparecem os interlocutores idiomáticos, os livros nessa língua, os filmes. E o idioma está ali. Chia um pouco, tropeça na memória, mas funciona. Com a bicicleta, tu sabes, acontece a mesma coisa. Depois de pedalar quando criança (esses dois meninos que tenho no sapato andam sem segurar o guidão da bicicleta), até que tirem as rodinhas extras do equilíbrio, após alguns tombos, choros, a gente pode passar dez anos sem pedalar e, quando monta numa bicicleta, sai andando como se nada fosse. O idioma e a bicicleta têm memória fora do tempo. O tempo passa, e eles ali. Tu podes retomá-los a qualquer momento, e "viu, vizinha? parece que foi ontem!". Com o cachorro, não sei... Apenas me pergunto: tu tens um cachorro, ele balança o rabo quando te vê, senta-se ao teu lado, pede carinho, sai contigo pela rua. Está sempre por perto, não se separa de ti. Mas, um dia, dão um sumiço em ti, e o cachorro? Aparece outro companheiro para ele, alguém que lhe dá comida, que o leva para passear. Será que o cão lembra? Quando tu regressas, o cachorro pula de alegria? Tu gostavas do cachorro e ele gostava de ti, então, como fica? Uma vez, num cemitério de mascotes, vi numa lápide esse epitáfio: "Toni, se os cães não vão para o céu, eu para o céu não quero ir." E estava assinado "mamãe". O Argos de Ulisses era meio literário. Quando Ulisses volta a

Ítaca, ninguém o reconhece, a não ser o seu cão. Será possível conservar o mesmo cheiro por tantos anos? E o cão conservará o nosso cheiro nas suas narinas? Vá saber. Existem muitas histórias sobre cachorros. Como a do irlandês, aquele que vivia no porto e tinha um mastim que vendia a qualquer um que não fosse embarcar. Mas o cachorro estava sempre lá. E tudo porque o mastim que o irlandês vendia se mandava sempre, e o homem então tratava de vendê-lo outra vez. O Zapi, tu te lembras, Velho? O Zapi fez uma dessas com a gente.

O Zapi foi o presente mais lindo que tu e a mamãe me destes. Eu era moleque e tinha ido ao Estádio. Na volta, encontrei o Zapi lá em casa, era filhote, era faceiro, vocês me deram de presente uma alegria, o cachorro era uma alegria ("mas quem o leva na rua sou eu", tu resmungavas, papai), e ele tinha uma mancha negra no lombo, detalhe fundamental em caso de sumiço (eu gostaria de ter uma mancha como aquela), e ainda por cima tinha um olho e uma orelha brancos, e o outro olho e a outra orelha de pelagem negra. Gabriela dizia que o cachorro tinha um olho triste e o outro alegre. Meu cachorro chamava-se, na verdade, Bibiano Zapirain, em homenagem ao ponta-esquerda do Nacional, a quem eu tinha visto a apenas cinco metros de distância, da grade do estádio Amsterdam. Em família, nós o chamávamos Zapi, entre os íntimos, digamos. Houve uma vez, a única vez, quando fomos passar um final de semana numa fazenda em que davam uma comida para a gente se recuperar. Nesse lugar, por exemplo, no café da manhã eles serviam aos hóspedes um ovo cozido na água, que em casa só comíamos frito. O lugar se chamava Quinta Marcusse e ficava junto a um arroio, onde começa Canelones e passava o 130. Naquele final de semana, demos a custódia do Zapi a uma senhora que vivia perto do Cerro, e quando voltamos e fomos buscá-lo a mulher nos disse que ele tinha fugido e que um carro o atropelara. Alguns dias mais tarde, almoçávamos na cozinha, como sempre, e eu como sempre estava em silêncio. Então sentimos um arranhar na porta de cancela. Nos olhamos. Cessou o arranhar. Alucinação auditiva. Seguimos comendo. Recomeçou o ruído. Mamãe, quase brava, ordenou-te: "Por que não vais ver o que é?" E tu vais e corres as cortininhas do vidro e voltas "não é ninguém", como de saco cheio, e te sentas, e o arranhar na porta recomeça. Tu, Velho, tinhas um não sei quê, parecia que te dava um certo medo, não um medo, "uma coisa". E então me levantei, e fui e olhei pela cortininha da porta, não para a rua, mas para baixo, porque o Zapi, quando era vivo, saía até a esquina sozinho, mijava, comia alguma grama lá do campinho e na volta se anunciava. E ali embaixo estava ele, magro, esgotado e sujo, com uma perna quebrada. Zapi entrou como fazia todos os dias e se foi a um lugarzinho onde eu, de brincadeira, lhe havia ensinado a parar nas duas patas, foi lá e tratou de fazê-lo, mas caía, porque estava com a pata quebrada. Por que te conto isso, papai? Ah, sim. Apenas para te dizer que, quando voltei às calçadas ensolaradas, senti como se nunca tivesse saído delas.

Não sei quantas vezes andei arranhando a tua porta, Velho. E não sei, ou sei, quantas vezes tu me sentiste ali. À noite, no dormitório aquecido pelo Primus; à noite, quando a mamãe esquentava os pés com a moringa, que era muito melhor do que a bolsa de água quente; à noite, papai, não muito tarde, pelas nove, em silêncio. E nesse silêncio, papai, quantas vezes tu me ouviste arranhando a porta.

Como essa outra porta que atravessei sem arranhar, e tu me vias e vias que eu não te via, eu que em matéria de encontros e portas conheço tudo; mas dessa vez não, essa porta eu não conhecia, não tinha como e, sem dúvida para mim, porta, aquilo que se diz porta, sempre foi a lá de casa. Senhorial, muito alta, pesada, com moldura, dupla, com duas folhas que se abriam de par em par — e de onde virá isso de "par em par" se, como é o caso, porta e par existe somente um? Quando a mamãe lavava a entrada, essa entrada com seu degrau de mármore gasto, muito gasto onde se pisava mais, e os outros dois degraus, ambos de mármore, o saguão fresco, penumbroso, e a porta, com duas cortininhas finas e um corrimãozinho como de aparador para dar pompa à subida. Na porta havia uma delicadíssima mão feminina de bronze, com uns dedos lânguidos e românticos, que seguravam — de modo muito erótico — uma bola dourada, talhada em bronze, que repousava em uma base de metal também dourada, à qual a bola golpeava a cada vez que a mão se erguia, aquela mão que em outro tempo toda casa devia ostentar, mas que já não era comum, porém a nossa ostentava, somente a nossa, até que tchau, sumiu, voou a mão para pousar, provavelmente, em alguma casa de antiguidades de Tristán Narvaja ou da Ciudad Vieja — olha que linda, senhora, para o escritório, talvez um peso de papel. Mão que, quando eu era moleque, serviu para enlouquecer o Patricio, que vivia sozinho, e era alto, antigo, com bengala, e sempre pensamos que ia para o cemitério, tinha um não sei quê que dava medo, o andar, o chapéu, não sei. E ele tinha a mão na qual atamos um fio Cadena, que era a marca que tu usavas para a costura, Velho, e eu te arranquei um carretel com uma desculpa qualquer, e era para isso, para atar uma ponta na mão de Patricio, não na dele, mas naquela que golpeava, e nos sentarmos na borda da calçada em frente e puxar o fio e bater à porta, e fazer com que Patricio abrisse para ver quem era e não era ninguém, mas podia ser; como não foi e foi naquele dia em que entrei no refeitório, mas sem bater, muito naturalmente, sem tocar o chão. Havia uma janelinha na porta lá de casa, te lembras?, com treliça, tudo dourado, para ver quem vinha; a porta do Patricio não tinha isso, então ele tinha que abrir. Eram treliças horizontais que a mamãe fazia cintilar a braço e Brasso, como esse semicírculo encravado no mármore, tudo para que o passador vertical se encaixasse ali do lado de dentro, claro, e deixo para o final essas duas maçanetas, torneadas em bronze, com duas placas na base, do mesmo metal e do mesmo tom, rodeadas, totalmente rodeadas por uma nuvem escura, não ameaçadora, apenas flutuante, que dava uma sensação mais delicada ao puxador que, sem isso, poderia ser para transporte de féretro; mas não, essa sombra era da flanela com Brasso que a mamãe usava para lustrar e aureolava em forma de nuvem o puxador. Quando eu saía, aos sábados, creio que podia sair apenas nos sábados, batia a porta com um único golpe, a tua voz vinha lá de dentro, Velho, "não batas a porta!", e eu me mandava para a milonga, com aquele traje azul-marinho de três botões e as calças do conflito mediado pela mamãe, porque a barra se usava estreita à altura do tornozelo (e como eu iria à milonga com uma calça que não fosse desse jeito, Velho, ninguém ia me dar bola, nenhuma garota, as barras do tipo "14" são uma contrassenha, papai, e tu teimavas que eu tinha que usar a barra em "até 22", e a mamãe tentava "e por que não um pouco menos?", e tu cedeste, um pouco menos, mas não catorze, como numa espécie de transação comercial ou territorial); e então eu saía, com sapatos negros de ponta tão fina que podiam arrancar aparas do piso de madeira. A porta, naquele tempo, para mim, a porta que eu tinha que abrir e atravessar, era essa. Não a envidraçada do refeitório do Lar, não. Era essa, a porta de casa. E casa existe apenas uma, essa.

Em um dicionário de ideias afins o conceito de "porta" está associado ao de casa. Mas não é sempre assim. Eu durmo de cara para uma porta, eu vivo de frente para uma porta que já está às minhas costas quando os três passos curtos me levam até a parede, mas aí eu dou meia-volta e a porta, que é hermética, consistente, gorda, onde às vezes bato com minha mão trêmula "para ir ao banheiro" porque estou me mijando e não aguento mais, estou me cagando e nada, é uma porta indiferente, com um buraco que não é maior do que uma moeda, pelo qual me vigiam, e eu vejo o olho que sorri ou vigia ou vigia sorridente; minha porta, hoje, é isso. Não leva a nenhuma casa. E, sem dúvida, quando me tiram daqui, mal eu saio, já quero dar a volta correndo — o mundo exterior, meu Velho, é muito hostil para mim. Então quero voltar a esses dois metros quadrados, cova, refúgio, toca, nicho, onde uma porta me tapa hermeticamente e na qual eu nunca percebi a ausência de algo, vê bem; o que só aconteceu na primeira vez que me enfrentei com uma porta real, tangível, quando voltei à calçada dourada pelo sol, esse sol que amanhece e aquece, que se põe no horizonte derramando laranjas e lilases, não o sol no qual eu penso, no qual pensei por milênios, esse sol que a palavra diz: sol. Pois bem, nesse dia eu encarei uma porta. Parei em frente a uma porta. Tive que ultrapassar uma porta, transpô-la, tive, papai, que abrir uma porta. E não fui capaz de fazê-lo. Fiquei parado em frente a ela, encarei-a, estive a ponto de ameaçá-la com meus dedos tímidos, aguardando que a abrissem, papai, eu que não abria portas, nunca as abri, esqueci que as pessoas abrem portas, que podem abri-las, que temos em nós o reflexo condicionado de, ao encarar uma porta, mover o músculo do braço, e a mão, exata e pontual, movimentar-se e segurar o trinco. Então é isso: a porta daqui não tem trinco. Isso é o que queria te dizer, que tinha esquecido e nem sequer percebi. E só percebi quando, ao voltar para o sol, recuperei, reintegrei isso, isso que nenhum poeta nunca cantou antes porque nunca lhe faltou: o trinco.

Eu caminho aqui, Velho, e as crianças no meu sapato se desfazem, se enrolam, e seus rostos de jornal velho enrugam-se em rolinhos que se esfarelam e é preciso sair em busca de outros, capturar outros nesse banheiro de merda, se é que deixaram entrar alguma revista qualquer, uma revista velha para recortar, para esconder crianças de papel que te esquentem os pés, porque o papel esquenta e a gente se sente como se andasse por um parque e "vamos até os balanços"; por isso te digo, é preciso cuidar das crianças, como a tua vizinha do Lar guarda seu porta-retratos, Malka, aquela que voltou do último círculo, *o trabalho liberta*, onde morreram todos, até mesmo aqueles que voltaram; ela, velhinha, de quem roubaram o filho pequeno, muito pequeno, e ela viu, viu como eles desfaziam quatro anos de vida, ela viu sua criancinha apavorada por causa desse jogo que acabou por terminar com a criança e com ela, papai, Malka que balança, tão velhinha, um porta-retratos, e canta muito docemente no idioma do asilo, no iídiche sobrevivente de todos os sobreviventes, "*papirene kinder, papirene kinder*", enquanto balança e reclina o seu porta-retratos, tão velhinha ela, tão morta, papai, e canta "filhos de papel, filhos de papel" e chora. Apenas chora.

A memória é como uma fogueira. É provável que os primeiros homens tenham tido essa mesma concepção, e todas essas hipóteses antropológicas, arqueológicas, sociológicas, de que se acendia o fogo para aquecer — e era assim mesmo — e para iluminar e para cozinhar e tudo isso, eram hipóteses verdadeiras. Era também para que não surgissem outros animais, o que não é muito convincente, porque, se alguém acampa hoje junto a um rio, digamos que junto ao rio Negro, as raposas se achegam, rondam, riem. Eu não conheço os costumes das feras do Jurassic Park, mas conheço os das raposas. É que eu não sei se os grandes sáurios eram foguistas. O que se sabe ao certo sobre nossos avós cavernícolas é que se juntavam ao redor das chamas; mas que, além, além do que se convencionou chamar "a veneração do fogo", eles veneravam a memória. De cara não tinham muita memória, porque eram os primeiros, mas duvido que em algum momento tenham realmente pensado que eram os primeiros de fato, porque do barro, meu Deus, ninguém nasce. E existem provas que atestam a sua afeição pelas recordações. Os afrescos da Caverna de Altamira mostram o acontecimento essencial da família, da tribo: me refiro à caça, ao abrigo, ao churrasco, ao chifre usado como utensílio, aos ossos transformados em flautas. O totem é, basicamente, a remissão ao ato memorável: o urso por haver sido caçado; a flecha, pelo combate vitorioso; lobos, tigres e baleias formam a estirpe do totem, com o qual se identificavam os avós e logo transmitiam aos seus netos: "Então o leão avançou em mim, mas eu..." Contavam essas histórias em torno do fogo, como os gaúchos. Teciam realidades, lendas, tragédias, história, poesia. O fogo inspirava essas histórias, guardava-as, as memórias conservavam-se na fogueira que, por sua vez, inspirava esses homens: os pratos limpos, a noite escura, vamos contar histórias, sentemos, recordemos. As chamas brilhando nas pupilas avivavam a memória. Na sua obra *Em busca do tempo perdido* (e que busca essa!), Proust menciona a preocupação dos arqueólogos por causa de um estranho achado: numa determinada escavação, foram encontrados os restos de uma tribo de gauleses com o crânio afundado, rachado. Tinham sido derrotados em alguma batalha. Mas o que chamou mais a atenção dos arqueólogos foi que, junto aos corpos, ou melhor, junto às ossadas, encontraram um monte de pedras talhadas como totens, meticulosamente quebradas. Era estilo dos gauleses usar o seu emblema em forma de colar (urso, tigre, lobo); o referente da sua memória, em suma, a própria memória. Por que então as pedras naquele lugar, e quebradas daquela maneira? Porque não bastava apenas matar os corpos, os corpos seguiriam vivendo na memória, e a memória estava naquelas pedras trabalhadas, assim era preciso quebrar as pedras para quebrar também toda lembrança. E todas foram quebradas, meticulosamente quebradas. Aquelas pedras que antes brilhavam à luz do fogo e que inspiravam: "Este javali, meu filho, me atacou no canavial da lagoa quando eu pescava corvinas..." Essas histórias são guardadas pelo fogo, que as inspira fazendo tremular as chamas dentro das pupilas dos adoradores de contos. E existem memórias pequenas e ardentes como uma brasa, e outras heroicas como a chama vertical, guerreira, e existem memórias pequeninas e alegres como o reluzir das chispas, e ainda outras, papai, que se conservam sob a cinza dos anos, de tantos anos, minúsculos lumes que dormem. Mas que não se apagam, Velho. Não.

Talvez tenha sido uma coisa simultânea. Minha entrada lá, a Palavra, tua palavra, aqui. Mas essa história de simultaneidade é um tanto inconclusa, não se pode entendê-la bem, eu não a entendo bem. Tocar o interruptor da luz (naqueles lugares onde o interruptor e a luz podem ser manejados pelo homem) e a luz se acender, isso é simultâneo. Mas não... Parece que não. Einstein explicou que isso não é ato simultâneo, e, aumentando o exemplo, vemos agora a luz de uma estrela (me refiro em termos teóricos, pois aqui só tenho 40 watts de luz), e já lhe apertaram há muito o botão de desligar. E assim é tudo. Alguém escreve no presente, mas, quando coloca o ponto final, esse ponto e tudo o mais, incluindo isto que estou acrescentado sem conseguir parar, já é passado. *Ergo*, o presente não existe. Não tenho presente. Com a simultaneidade se dá o mesmo. Não tenho simultâneo. Quanto tempo transcorre durante o envio de uma imagem? Digamos, se eu me projeto com o pensamento, se consigo me projetar, se isso fosse ou se é, é possível, quanto tempo tarda essa imagem para percorrer a distância desse buraco de fronteira até o refeitório onde se sentaram para comer os meus velhos junto ao seu vizinho silencioso? Não sei. Mas tampouco projetei um caralho, nem me projetei. Aconteceu. Creio que aconteceu realmente. Estou seguro. Porém, papai, nem sempre o seguro morreu de velho. Anotes isso.

Tudo isso é muito louco... Porque vejas que hoje, para poder te contar o que eu te conto, a ti, que já não estás ou que estás onde não podes ouvir isto que eu te digo (ou talvez sim), tenho que narrar para ti o que aconteceu aqui no entorno, vejas bem, no "entorno" onde foi ouvida, por mim, a Palavra que ao amanhecer comuniquei. Porque eu a comuniquei, sim, eu tinha um interlocutor, que é minha única testemunha. Tive uma testemunha, tenho uma testemunha. E é o caso, ou era o caso de que no Outro Lado do Muro, não no Além do Muro, não, apenas ali do outro lado, digamos que do outro lado da minha parede, habitava outro astronauta na sua toca. Era O Habitante do Outro Lado, que tinha, como eu, sonhos, silêncio, dois metros por um, fantasias e seu outro habitante do outro lado — este meu lado do muro —, e cada um na sua vez nos metemos os dois a conversar; ninguém sabia, ninguém soube, como naquela comédia, te lembras?, que ouvíamos no rádio à noite em família, no nosso único rádio, comendo biscoitos de mel e tomando chá, e aquela música com uma voz estranha que alertava "ninguém soube, ninguém sabe nem saberá a verdade no estranho caso de...", e então vinha o título do episódio e a gargalhada do Monge Louco, que era sempre o narrador de todos os casos — por isso te digo que isto é, como aquilo, muito louco. Porque tudo começou numa noite de Natal, presta atenção nisso. E foi porque tanto eu quanto O Habitante do Outro Lado queríamos entrar em comunicação, porque não nos comunicávamos com ninguém (apenas eu contigo, mas isso não estava muito claro); mas falar, o que se diz falar, não falávamos com ninguém, isso de "bom dia", "como vai", "e o que há de novo", não tínhamos nada... As palavras estavam hermeticamente proibidas para sempre. E foi no Natal, as vozes do mundo exterior anunciavam que era Natal, haviam carneado o cordeiro e andavam às voltas com o "temos que temperá-lo", e nós dois ali em órbita, únicos habitantes do espaço, perdidos num mundo onde encontrar-se com um semelhante, encontrar vida estelar por perto, era tão difícil quanto caminhar por uma calçada banhada de sol. Até que arranharam a parede divisória, e era o outro que queria, como eu, confirmar que nosso planeta estava habitado, e eu respondi arranhando também, e não tínhamos mais do que as nossas unhas, e foi quando passamos aos nós dos dedos, baixinho, golpe a golpe, para inventar uma linguagem, recriando o código Morse, que não conhecíamos. Assim, batida a batida, aos grupos de batidas, e um espaço de silêncio como separação, foram chegando as notícias do outro mundo, também habitado: havia vida no outro planeta, galáxia, constelação, uma vida nebulosa, mas uma vida; e eu arranquei uma lasca do reboco e no cimento do piso fui anotando, era Natal, Velho, e a primeira palavra tinha que ter a ver com o Natal, e era evidente (olha que frase perfeita) que se eu deduzisse, decifrasse a primeira letra, não mais do que tateando, saberia o resto e, com ele, a chave. E essa a foi a nossa Pedra de Roseta, esse foi o começo das nossas compridas conversas a partir do seis-cinco-dez-oito-três-oito-quatro-um-quatro, e isso queria dizer que a cada letra nós dávamos tantas batidas até que se chegasse ao seu lugar no alfabeto, onde o "F" estava em sexto lugar, e assim todas as outras letras, e então 6-5-10-8-3-8-4-1-4 queria dizer simplesmente, Velho, era Natal, não se esqueças, "felicidad", felicidade. "Felicidad." E tudo isso nos importa porque ao amanhecer, antes que o primeiro clarim da sinfônica do silêncio anunciasse, nós, então, já de pé, madrugando ao sol, como todos os dias, todos os dias infinitamente, nos saudávamos com o nosso redobrar de batidas na parede, e naquela vez eu fiz com que ele se sentasse, porque era melhor conversar sentado no chão, para esconder o punho da abertura na porta, com o braço dobrado atrás das costas e o olhar bobo de quem não quer nada, o olhar perdido na parede em frente, e assim foi que eu disse a ele "ontem o Velho esteve aqui", e ele entendeu, não fez piada nenhuma do tipo "estás sonhando". Nada disso, ele entendeu porque tu também vinhas vê-lo às vezes, e então eu disse a ele, "o Velho me falou uma palavra", "que palavra", perguntou, "uma palavra", esta, e assim foi como a palavra jamais dita foi batida; e ele, "que quer dizer", e eu, "não sei", "é iídiche?", "não sei, não sei iídiche, sei lá o que é", e ele, "mas que merda quer dizer isso?", e eu, "eu não sei o que é, mas sei o que significa"; e ele, "conta", e eu lhe disse, à moda do Monge Louco, que a palavra queria dizer:

"Moishe, que fazes aí parado, senta, come."

Da Palavra, nunca mais se soube. Mas o seu significado está aí. A palavra que tu pronunciaste, Velho, ao amanhecer, teve a sua tradução simultânea nessa frase. Essa frase que, sem eu saber, tu tinhas pronunciado, não sei em qual grau de simultaneidade, porque as imagens, os fantasmas, as projeções corporais no espaço não sei que maldito tempo gastam, não vão por cabo, são sem fio mesmo; mas eu sei que tu disseste isso porque tu mesmo me contaste, naquela visita. Já tinham me dito que tu estavas melhor, que não andavas muito bem, mas que já estavas melhorando, que tu havias tido umas alucinações visuais, que isso aconteceu no refeitório do Lar, que estavas com a mamãe e mais um, aquele homem dos silêncios, e que tu me viste, que me viste abrindo as portas envidraçadas de par em par como um caubói num bar do faroeste, e te ergueste pálido, e ficaste bravo com a mamãe porque ela não via, e tu, "não o vês?", e eu procurava, procurava vocês, e tu falaste comigo, mas não sabiam que falavas, e então agora tiram o pano que me cobre a cabeça para os dez minutos de visita, e tu aqui, e parece tudo bem. Conversamos sobre o encontro no refeitório; e eu "me viste", "sim", disseste, como se fosse muito natural, a coisa mais natural do mundo, porque no final da contas foi natural, foi até bastante normal, "tu usavas o traje azul de três botões, Moishe, procuravas e eu te disse". "Disseste o quê?", eu perguntei. "Isso, o que eu iria te dizer?"

"Moishe, que fazes aí parado, senta, come."

A Palavra. A Palavra caldeia, aramaica, babilônica, hebraica, queria dizer, e disse, no mesmo instante, no instante simultâneo em que o tempo corre por sua própria conta e sem relógio, para o meu pai no refeitório do asilo e para mim no meu buraco, a Palavra, então, quis dizer e disse que, estejamos onde estejamos, Velho, nós dois estamos nos vendo.

"Agora já sei. As búbeles são as mámeles que estão numa foto." (p. 27)

"E minha mãe, na sua caixa de sapatos, tem as suas irmãs, a mámele, que é a mãe dela, da minha mãe; e a mamãe me chama e apontando com o dedo diz: 'Esta é Irene, e está é Anna, que tem dois filhos.'" (p. 19)

"Eu gosto mais do meu irmão do que do Miska, do que de todos." (p. 35)

"Os bondes são uma coisa espantosa porque levam as pessoas não se sabe para onde; as pessoas somem, mas o condutor, esse nós víamos sempre, ele não desaparecia nunca. E, por causa disso, eu e o Fito jogávamos pedras nele." (p. 14)

"... a mim, papai, sempre agradou a tua foto de soldado, e te imaginava de fuzil na trincheira, ou fugindo do cossaco que vinha a galope atrás de ti com o sabre na mão; essa era outra guerra, papai, os judeus tinham fuzil." (p. 74)

"... mamãe cozinhava e chorava, cortava lapelas e chorava, abria a sapateira e acariciava os sapatos de León e chorava..." (p. 45)

"A placa forjada a ferro, papai, é menor do que eu imaginava, e o portão de grades, igual ao portão de qualquer casa de fazenda." (p. 76)

"... enquanto balança e reclina o seu porta-retratos, tão velhinha ela, tão morta, papai, e canta 'filhos de papel, filhos de papel' e chora. Apenas chora." (p. 112)

"E a guerra, essa guerra e esses camaradas com os quais, no inverno, tu te metias naquelas saunas cheias de pedras quentes, suando pelados, e se batiam com galhos dando gritos e gargalhadas, e depois se sentavam em frente a uma vasilha de barro cheia de vodca, suponho que de má qualidade, porque nunca te vi tomando bebidas caras, Velho, e ali molhavam o pão preto que comiam." (p. 39)

"... e por aqui mesmo seguramente está/estava a alfaiataria do tio, onde um dia tu chegaste esfarrapado, irreconhecível, porque tinhas morrido na guerra, e Leibu não te reconheceu e te deu uma esmola, e tu 'Leibu, Leibu, sou eu', e então todos choraram." (p. 73)

"... e lembraste naquele dia que a tua mãe se abraçou às duas crianças, teus sobrinhos pequeninos, aos quais tinham vindo buscar para extrair-lhes sangue, todo o sangue, porque, claro, os soldados necessitavam de sangue, e ela não quis soltá-los nem as crianças quiseram desprender-se da avó, e os SS ucranianos perderam a paciência, é claro, e com as lanças de lâminas afiadas com as quais mantinham a ordem no lugar calaram a todos, porque gritavam 'não... não' e choravam, e aquilo era insuportável, e então os SS fizeram o seu trabalho e as crianças nunca mais gritariam nada..." (p. 100)

"...quanto eu não daria por voltar a comer o teu guefilte fish, *festival da gastronomia materna, santo e senha do judeu em qualquer parte do mundo, como santo e senha do reconhecimento foi aquela noite em que eu regressei da prisão, que tu me viste, que me viste depois de milênios como se milênios não fossem, porque cheguei como se tivesse faltado dois dias, e tu estavas ali deitada, o papai ao teu lado, eu ao pé da cama depois do abraço que foi simples, um beijo leve, porque a palavra foi tudo, foi tudo como antes, como sempre havia sido, a raiz da tua razão, a palavra interrogativa que tu sempre nos dizias:*

— Comeste?" (p. 97)

Este livro foi composto na tipologia
Adobe Garamond Pro, em corpo 11,5/15,2 e
impresso em papel off-white 90g/m² na Markgraph.